ちくま文庫

水瓶

川上未映子

JN090004

筑摩書房

水瓶　目次

カバー作品
鴻池朋子『第4章 帰還——シリウスの曳航』(部分)
2004年、アクリル、墨、雲肌麻紙、木パネル
220×630×5 cm
©Tomoko Konoike All Rights Reserved.
カバーデザイン
名久井直子

戦争花嫁

ある女の子が歩いているときに、不意に戦争花嫁がやってきて、それはいつもながらさわることも噛むこともできない単なる言葉でした。なのでつかまえて、戦争花嫁、と口にしてみれば唇がなんだか心地よく、豪雨の最中だというのに非常な明るさの気分がする。

だったらわたしはこの言葉がとどまってあるうちは、自分のことを戦争花嫁ということにしようと女の子はこれもまた言葉でうきうきとする。名状はいつもこのようにして空白に律儀にとどくもの。あるいは名状がそこにある空白を手に入れる。ひっそりとした名づけの祝着。戦争花嫁。即座に意味は起立しないけれど、女の子はこうも思う。意味のないものは意味のあるものより人を傷つけるということは少ないのじゃないの。そうでなくても女の子は人を傷つけることがこわく、心底こわく、しかも一度きりを傷つけるのがこわいんじゃなくて、自分のすべてのつなぎめをできうるかぎり検分した直線のけっか、傷というものの本当を、よくしってる気持ちがするから。

女の子はそれを自身の立脚のなかに発見したのだった。傷ついたことのある人は、永遠に傷ついているのだということ。すべての一度が、そこにおいて永遠に起動されているのだということ。すべてのわたしはそれぞれの点でいまもなお、それを生きているのだということ。なにかを思いだしては頭のしっかりした部分ではそれは過ぎ去ったことなのだと決定をくだしているにもかかわらず、何度も、何度でも悲しまされてしまうでしょう。輪郭は甦らざるをえないでしょう。思いだすって、そういうこと。ないものは思いだせないのだから、それはある。女の子は、だから、今ではもうあまり喋らない。言葉を飛ばすのがこわいから。それはどんな形であるにせよ、誰かの永遠につながることなのかもしれないのだから。自分からついてでた言葉が人のなかに入っていってそこにありつづけるなんてたまらない。しかも永遠だなんて。

戦争花嫁という言葉は女の子の綿のノートに記録される。といってもほかの記録だってあまりない状態の。そこに書かれてあるのは数個の単語。ほんとはいっつ。意味はどれも、よくしらない。その言葉がそこにあることは、祝いを競うわけでもなく、春にいいようにされるわけでもなく、どれも読んでみても唇になにか薄荷のような空気のただするものです。最近ではレッド・ツェッペリンというのがお気に入り。湿ってても乾いていても、うす皮の摩擦のほころびと、舌が内側の覆う桃色が、自らのおさまりを最大に発揮する親切を感じるし。咲くような。レッド・ツェッペリン。人がいれば口の動きだけ舌の柔軟だけ。一人でいれば奥の声帯をおこして。とくにツェのところ。それからフィレンツェ。短くてきりがいいし、それからアウシュビッツ。それからライセンス、ライセンス。それからバーキン。バーとキのぶつかるところでくっとなる。繰りかえすたびに、何かが何かを持ちこたえてるような処理があって。そんなだから戦争花嫁は今では誰にもなにも言えなくなっていて、その具合ったらこんな感じ。

いつものように母と連れそってマッサージ屋に行ったのだけれども、戦争花嫁は骨のすきま、もう少し強くしてほしかった。もう少し強くお願いします、と二年前の戦争花嫁なら目を閉じながら言えただろうけれどそれだってもう無理で、なぜなら鈍い言葉でありながらもそれは技術者を傷つけるかもしれないと発光したから。そのうちわけは、こういう感じ。たとえば、じつはその技術者は指を怪我しているとして。本来なら支障があるので、だからこそプライド・配慮・規約にしたがえば家で待機するか施術の域にはいっちゃいけないところをどうしても彼は今日の分の給金が必要だったたし、それはきっと彼自身以外のための動きで、でてきちゃった、本当は駄目なのに。でも指を怪我しているかういつものようこまもちろんできず、でもそれを隠しているということで今日の給金を手に入れようとしている彼を見抜いてわたしがそれを指摘したなら、いったいどうなると思いますか。指の傷口が目のようにひらいて血がふきだすくらいならまだいいけれど、永遠にその批判・指摘・見抜き、立ちあがりうるすべての形容がその技術者のなかで永遠に繰りかえされる可能性をもつできごとにかかわることは、戦争花嫁にはできないのです。だからどんな目にあったたって、誰に会ったたって、どんなに美しいものにぶつかったたって、何も言えなくなって、このような気質をもつほかのたくさんの女の子たちときっとおなじように目だけがどんどん膨らんで、膨らみきって破裂したってしかしそっちのほうがまだましで、戦争花嫁はこんなだから六十以上の挨拶と会釈の方法を身につける。

戦争花嫁は学校でも、横断歩道でも、それからありとあらゆる乗り物のどんな角度のうえにあっても誰とも口をきかないということをほとんど完璧にこなすのだから、しかしだからといって騒ぎに要求されることもなく、滑りこみうまくやっていて、誰の永遠とも交わらないでいることに、頬はいつだって少しずつ紅みを増していった。クラスメートも母も戦争花嫁の目が月曜日よりも火曜日、そして木曜日、それから日曜日をまたぐ、九月、十二月、夏至と初雪、午後九時と、それらをまあるく追いかける従順において少しずつ巨大化していることに気がつかない。手のひらで目をときどき押さえながら戦争花嫁はいろんなところへ足をたくさん使いながらにでかけるようになった。そして決定的な帰りみち、本屋でたまたま目についた本を手にとってひらけばそこに感じることしかできなくなった主婦の一形態の記録があり、そこには他人事には思えぬ処置がゆらめいていて、戦争花嫁はおおいに驚き、驚いた。この試験、どこでどうなっているのかしら。これは、自分のことではないかしら。涙がでそうな気持ちをぐらぐらさせながらに読んで、ああ、この主婦は、そこにある蒼茫へ、たどり着くことができたのかしら。戦争花嫁はそれから二十年以上もその記録を読みつづける。つづけながら、発語をおいて、発語をのりこえ、発語を刈りこんで。戦争花嫁もそここ書かれた主婦のように、やがて発語とそれがいったってつれてくる意味を自身からひっぺがすことに時間をかけて成功した。それでも戦争花嫁のまだかたい部分を残した青白い目は心が動いたときほどおおげさに脈うって、それにあわせて体積のふえること。しかしそうしながら、戦争花嫁は少しだけ体のあたたまる思いだった。この世界における自分以外の永遠と永遠に交わらないですむかもしれないという小さなころからの願いのような小さな小さな石のようなものを手に入れて、自分にしかわからない方法でそれを磨くことができたので。

戦争花嫁はそれからほかの生命とおなじように前進したり寝がえりをうったりしながら目だけでなく体も、世界に寄り添うようにそのふくらみ加減を調節しながらすぐに大人になり、ずっと昔の綿のノートにあった昼のための単語のまたたきを忘れ、世界中の絨毯をよくしりよく売る男と出会い結婚をして、子を生み、それから子が戦争花嫁よりもさきに病気で死んでしまったときでさえ意味を抱く発語はしなかった。発語はそんなときでも、もう、戦争花嫁にやってくることはなかった。それでも、ずいぶん昔のある豪雨の日に戦争花嫁がある空白をねらって戦争花嫁自身を手に入れてから、戦争花嫁はついぞ消去されることはなかった。空白になることはもう、なかった。それはうんと長い時間のことで、毎日の織りこまれてゆく形状のなか、戦争花嫁はかならず戦争花嫁だった。しかし戦争花嫁は、戦争花嫁でありながらもそれ自身を発語することもなかったし、けれどならばどうして彼女は戦争花嫁たりえたのか。世界のいったいどこにおいて、戦争花嫁は成立していたのか。というようなことを、戦争花嫁はもう考えなかった。そこにはやっぱり誰かの永遠にかかわるようなものは最後までみあたらなくて、戦争花嫁はそれで満足とまではいかなくても、何かを守ることができている気持ちでいたのだった。

戦争花嫁はそれからもそのように毎日を生きて、夫が死に、砂の多い場所で拾ってきた犬と暮らし、あまりの多くを入れてきたために視力のほとんどは失われ、犬という動物に出会ってその肌ざわりからくる似通いに何度も涙のでる思いで毎日を生き、最後にみた夢はこんなだった。それはすべて戦争花嫁の崩れそうな肋骨のなかで起きたできごとであった。そのなかで戦争花嫁の目は生まれたばかり、黒々と濡れ、そこはみたことのないようなすさまじい青い空がすごい速さで膨らんでいる最中だった。戦争花嫁がこれまでに目に入れたもの、しっているものを全部あわせてもまだ大きい、とてつもない青のひろがりで、最大に晴れわたり、戦争花嫁の目は青に洗われて全身を塗装した。したからはそれを食べるようにたくましく褐色の大地が想像できるかぎりの向こうにまで全部をのばしつづけ、のび、ここにはほかには何もなく、空と大地の境目は美しい一本のラインで震えながら共鳴して、莫大なもののしたにうちに、同時に、そこに戦争花嫁は立っていた。両足で。犬と散歩にでるようなかっこうで。太陽がどこからともなく全身で発光し、目が痛み、空と大地以外には何もなかったけれど、しかし何もかもが全身でそれを受けとめ、ひかり輝いているのだった。しばらくそこに立ったままいて、ぐるりをゆっくりみわたせば、遠くに燃えているものがあった。戦争花嫁は近づいていった。そのときに自分が立派な革靴を履いていることに気がついた。その動くもの、その燃えているものはよくみると一軒の小さな家だった。一軒の小さな家が燃えているのだった。その家自身をみることはできなかったけれど、オレンジに、赤に、すさまじく燃えあがり、ふきだし、鋭くたつまき、戦争花嫁はその運動を、はげしく燃える家をじっとみていた。まるではじめて火をみるようなそんな火で、じっさいに戦争花嫁が生きてきたこれまでのなかでいっとうに燃えあがるそれはそのものだった。家は黙って、燃えつづけていた。戦争花嫁の目のまえで、あざやかにすぎる青空と圧倒的な大地にはさまれながら家は燃えつづけているのだけど、燃えるいっさいの音はなく、そういえばこの世界では最初からどんな音もしないのだった。ただ無言と無音のままに世界がひかり、燃え、戦争花嫁はそれをみている。音はなくてもしかし風が吹きつけているのが戦争花嫁にはわかりすぎるくらいにわかり、目に映る何もかもはあんなに鮮やかに燃えつづけているのに、その風は氷を溶かしたように冷たく、あまりに冷たく、そのしわだらけの手を肋骨のうえにあてるのがやっとで、その目は火と空と土のすべてを飲んで冷えつづけ、戦争花嫁はそこからもう永遠に、一歩だって動くことはできない。

治療、家の名はコスモス

窓をあけ放てば色つきの風が入ってくるし、町の音が流れてくるし、いいこともきっとたくさんあるのだろうけれども、しかし鳩が飛びこんでくるかもしれない、しれない、しれない、という恐怖からは家に出入り口をもつ身なら誰一人だって自由になれないのだ。とひとさし指をこきざみに震わせながらコスモスはうなずいた。

小さな家の窓や扉はそんなだからいつだってみっちりと閉めてあって、密閉、という言葉のもたらす安堵の安堵っぷりたるやほかにないくらいコスモスを上機嫌に安心させたものだ。コスモスがこれまでに住んできた、あるいはいま住んでいる、あるいはこれから住むであろうその家々のなかには、いちばん外っかわにある窓や扉だけでなく——その内容に、いつでもたくさんの物が点在してあって、驚くべきことはそのほとんどどれにも口がついてある、ということだ。この入れ子のさまよ！　コスモスはいつだってそれだけでくたくたになってしまう。ということは家のなかにあるものにはすべて出たり入ったりする機能がほとんどどれにもぴっちりとくっついているということで、それはみんな少しくおそろいであるということだった。入れ子はさておき、あけ閉めの現場がこんなに数多く存在することじたいをコスモスはうれしく思わなかったけれども、だからといって何もかもをうっちゃるだけの憂鬱というわけでもなかった。まあスポーツバッグのファスナーや財布の小銭入れや小麦粉の紙袋から鳩が頭をつつきだすこともないでしょうと、それくらいは大目にみなければならないのだ、という感じかたをコスモスはまあ、身につけてもいたので。

なので、ジャムの壜のふたを閉めては安堵！　食器棚の戸を閉めては安堵！

歯磨き粉の錠剤みたいなキャップを閉めては頭のなかで安堵！　安堵！　と絶叫して、とにかく重要なことはコスモスは鳩がきらいであり、一応はそのためにこの部屋の窓と扉は閉ざされたままになっているということ。

コスモスはまた、そのようにして家のなかにならば目をつむれるこの「出入り口」への懸念を自分の体にもおなじように感じていて、たとえば内臓の出入り口にまつわることとならなんとかしかたないと思えるわけなのだけど、しかし部屋の外っかわに相当する、自分の体の表面にわかる形でついてある出入り口には、窓や扉とおなじくおそろしい気持ちをいだいていた。家にじっとしているぶんには完全な入れ子の現在に守られて鳩にふれる機会もないだろうけれど、生きていれば色々な作業があるし、夜もくるし、外を歩くことだってあるのだから、そんなときはいつでもかたくなに口を閉ざし、パンツを二重にして履き、たっぷりとした黒い髪で耳を覆い、厚い硝子の眼鏡をかけていた。そこをめがけて何が入ってくるかは誰にもわからないことなので。

そんなコスモスの家にいつだったか親友のヴィトルドが遊びにきたときのこと。どういった話の流れか、話を聞くだけで全身全霊身の毛のよだつ話を交互に披露する、ということになってしまって、ヴィトルドは蟬が世界の形のなかでいちばんにきらいだった。とりわけ蟬のおなかの部分。コスモスはもちろん鳩。応酬がはじまるまえに、ヴィトルドは「ねえ、鳩のどこがそんなにきらいなの」と一重で奥まった白目がちの目をしばしばさせながらたずねた。コスモスは、鳩、という言葉が即座に立体を連れてくるので――それは単純な鳩の見かけ、万人がみるその印象そのものだったのだけれども、やはりぶるりと身を震わせて、色、歩きかた、首の色、頭が小さい、ぜんぶこわい、と淡々と目にみえることを並べていった。けれども本当の理由は唇から漏れでてくる言葉のどこにもなかったし、そのぶつかりが浸透してゆくさまがあまりにも従順であったために、そのことがコスモスを余計にいらいらとさせた。ヴィトルドはそれをみて聞いてふうん、と適当なあいづちをうった。それからふいに頭のなかで蟬のおなかの連なり、目盛り、色味をでも思いだしたのか、ちいさくぶるりと首をふった。それからヴィトルドがもってきたワインを飲んで、チョコレートをたらふく食べ尽くしたあとで、ヴィトルドが悪童のような顔をして上あごを揺らして笑いながら「鳩をにぎって、いわゆる鳩胸のあのおおきく膨らんだところであんたの顔をぼんぼんする」と言いだした。それを聞いたコスモスは目をみひらき、絶句して、いま聞いたことを打ち消すように「じゃあ、わたしは、蟬のかすかすになった抜け殻を拾ってあつめてきて、でもちょっとの汁くらいはついているのをあつめて、お腹のとこのしわもちゃんと生かしたままカットしてシート状にして、あんたの顔をみっちりパックする」と言いかえした。コスモスはつづけて「蟬のおなかのだんだんになったところが幾つあるか、あんたの唇のうえに何回も滑らせて数えさせる、間違ったら今度は舌で正解するまで数えさす」と言った。ヴィトルドは黙って唾を飲み、しばらくしてから、おえっ、と何度か喉の内部で咳きこみ、顔は笑っているようにもみえたけれど涙目は赤く、「そしたら来週、まるまる太った鳩をいっぱいあつめてあんたのそのベッドと毛布のあいだにいれとく。しきつめとく。鳩毛布。もこもこしてあったかいかも、毛もあるし、くえここ、くえここ、って鳴くんじゃん」と言ったので、そこからそういったやりとりが白熱し、けっきょくふたりは過去の面倒な思い出にまで辿り流されつかみあいの喧嘩になって、それから一言もくちをきかない間柄になってしまった。

コスモスは、むかし読んだ小説の影響で、「いつだってできるかぎりにおいて、公正で、誠実にいたい」と願うことは本当に願っていたけれど、十年以上たった今でもそれはおまじないみたいに繰りかえされるばっかりで、公正であることや、誠実なんてもののことの本当を知ろうとすることはなかったし、けっきょくわからないままだった。わからないことが多すぎるわ、とコスモスはいつだって事があってもなくてもそう思っていた。それはけっこうな無邪気だった。とりわけヴィトルドと会わなくなってしまった原因についてなんとなく思うときにそれはやってくるのだったけれど、それだって数分もすればどこかに散り散りになる種類のものだった。そう、コスモスのなかでこれまでもこれからもある程度の濃さをもってくっきりとしていることは、あらゆるものごとの出入り口にかんすることだけだったのです。むろんコスモスはそんなだから誰とも一緒に食事をとらないし、歌うこともないし、ヴィトルドが去ってからは誰とも口をきかない生活でも傷つく場所はおろか損することも悲しむこともなかった。友達はつまりヴィトルドひとりしかいなかったということ。

しかしある日とつぜんに、ちょうど夜、コスモスが化粧水の蓋を閉めたと同時に、口の中にある歯という歯がぜんぶ合唱でもするような具合で痛みだした。コスモスはそのあまりにカラフルな痛みに体ぜんぶがひらめいた。なにこれ。自分にも歯があるのだということをいま発見したような驚きもかねて。それから両手であごをかかえるようにして洗面台に走っていって、一人暮らしであるにもかかわらず、もちろん誰もいないことを確認してから——口を大きくあけてみた。おかしい、痛みがどこにもみえないんだけど。近眼の目を鏡に近づけてみればすべての歯は茶色、あるいは黒色に変色して穴が開き、思えばこのようにして自分の口の中をみるのも初めてだった。歯はまるで花壇の輪郭を作る石のようで、舌はよくわからない膨らみをしていた。それぞれの歯の中央にある色をみて、これが痛みの正体なのかとコスモスは目のさめる思いで三十分を検分に費やした。痛みは音が文字で繰りだされるくらいにはっきりとコスモスに襲いかかって、しかし具体的にどこが痛むのかがよくわからない。わからないことばっかり！　コスモスの目から涙がみつあみみたいにまっすぐ流れた。痛みがあまりに大きすぎるためと、それから歯の痛みというものを経験するのが初めてのことだったので、コスモスはどうしてよいのかわからずにしゃがみこんでずっと歯を食いしばっていた。こめかみがじんじんという音を頭蓋骨に響かせるのを数時間きいてもなお痛みは変化しないので、コスモスは立ちあがって弟に電話をかけることにした。十年くらいぶりに電話で聞いた弟の声は、何も変わっているところはなくて、あらコスモス、元気なの、どうしたの、と応答テープのような肌ざわり。歯が、たぶん歯がものすごく痛いの、あごも、なんか顔の骨ぜんぶが。コスモスは電話口で弟の肩にもたれかかるようにして言った。弟は歯医者に行ってきなさいよ、と言い、コスモスにコスモスの家からわりと近くにある歯医者を教えた。「でもねコスモス、今は真夜中だから歯医者はすべて朝にならないと動かないのよ。鎮痛剤を飲んで冷やして眠って、それから明日、でかけたらよいわよ」。コスモスは礼を言ってそのとおりにするためにベッドに入った。

薬を飲み、横になってコスモスは歯科医院のことを想像してみる。口のなかを人にみせなければならないということはこの家からでて、この入れ子を放棄することだ、安堵を放棄することだ、と暗闇が花の影のような模様をつくる天井をじっとみつめながらコスモスは思った。そうして、明日わたしはひとつの家になり、自分の窓である口を、扉である口を、とうとう誰かにあけ放たなければならない。そこにはいったい何が入ってくるのだろうか。鳩はやってくるのだろうか。ううん、大きさがそぐわないから、きっと鳩がつめこまれるということはないだろう。そして技術者はきっと治療の邪魔になるからこの眼鏡だって外すようにとわたしに警告をすることだろう。コスモスは考えるうちになにか重大なことが明日の身のうえに起こることを考えて悲しくなって少し追加で泣いてみたけど、それはたんに悲しいふりだということが自分ではっきりわかったために、うっかり興ざめて困ってしまった。べつに悲しいことではなかったのです。それから三時間ほどベッドのなかでからだをまるめて、それから奥のほうにおしやられた痛みをみないふりをして、ベッドを抜けて、家のなかにある容器の蓋という蓋を外していった。それは全部なんとなくのことだった。幾つも幾つも蓋はあった。それとおなじ数だけの出入り口。戸棚をひらき、書類入れを引きだし、のりの蓋をあけ、冷蔵庫の扉をひらいた。それからゆっくりと窓際まで歩いていって、もう何年もさわってもいなかった窓を押してあけた。玄関の扉をめいっぱいあけてみた。風がそれらをむすぶ一直線に吹き抜けて、なにか巨大な筒が走り抜けてゆくようだった。コスモスはその勢いに倒れてしまいそうだった。しかしそれはコスモスのよくしっていたなにかを思いだす、なにか、とても、単純に言って悪い気のしないものだった。

家のなかとその輪郭にある出入り口のすべてをあけてから家のなかが静かに動きだすのをどうしようもなくコスモスは感じながらベッドにもどり、伸ばした指さき、冷たいシーツのある面でなにかがあたったような気がしたけれど、そこからさきは何も想像はしなかったのです。そうすればコスモスは誰もしらないあいだにぬるりとした液体の粘土のような眠りのなかに飲みこまれてゆき、薄くひらいたその唇からは、紙切れのような乾いた息がちらちらともれ、これまでコスモスが受けたありとあらゆる印象のすべてが混じりあうような感覚で、声にだせない安堵がゆらゆらとコスモスのまわりをゆき交い、初めて夢をみなかった。

バナナフィッシュにうってつけだった日

老女はもうすぐ終わるベッドのうえで、もうすぐほんとの終わりかけ。ほんとのちょっとの瞬きに、すべてが黄色い夢を見ます。それは黄色いあつい夏の日のこと。老女はほんとの瞬きに、すなわちそこを、生きています。

見なれた物がつみあがるばかりの寝室で、我々が知るのはいつだってつみあがってきた老女のあれこれ。立体ばかりの一日のさなか、こちらから見れば老女は長く生きている。カーテンはいつも半分閉まって、ときどき、老女の瞼と対になる。こちらから見れば老女は横たわっている。うんざりするような長い時間を、こちらから見れば老女は横たわっている。ベッドにとても横たわる。

老女のことをひとり除けばほとんど誰も訪れない。一日に何度か係の女がやってきます。掃除機を引きずって、タオルをもって。そして尿瓶をもってやってくる。水さし、お薬、知ってるような知らないような。それから朝食。挨拶。スープと粘々するパンも少し。引っぱられるシーツの角の冷たい部分も好きでした。代謝されゆく四角い空気。単語。なでり。笑顔。挨拶。ドアの閉まるそばゆい音。右手の少しさきには透明の飲み物。係の女はとても親切。

天井から吊された小さなシャンデリアは埃に曇って静止したまま。帽子かけの芯に彫られた葉っぱの模様も、引き出しの丸い取っ手も、胡桃の額も壁に描かれたりぼんのカーブも、どれだけ眺めても昔のように、走りだしたりすることはありません。こちらから見れば老女は長く生きている。とても長く生きている。今がたとえ、いつであっても、どこかしらの今であることを今は決して止められず、それは数少ない老女の友人であったりもする。もうすぐほんとの終わりかけ、老女の目はゆく、その世界をまんべんなくゆく。身動きをせずに目は歩く、言葉をつれて世界を触る。たいらになって、ひゅうとかすれた音の鳴る、胸の折り目で小さな貝のボタンをよべば並ぶ六つの合図のうえを。手首のまわりのすりきれた、小さなレースが出合いをかさねる糸のさきを。血管と、着色された肌理の盛りあがる連続が回遊する最後の地表の手の甲を。それからぶあつい綿のカバーのしたで、もうほとんど動かないふたつの足のふっとりする膨らみの鈍さのうえへ。それから離陸。目ははるばるとやってきます。真正面の静かな大きな鏡のうえへ。そしてその裏にあるものは、開かれたままになってる誰にでも理解できる行き止まり。

老女はもうすぐ終わるベッドのうえで、もうすぐほんとの終わりかけ。ほんとのちょっとの瞬きに、すべてが黄色い夢を見ます。それは黄色いあつい夏の日のこと。老女はほんとの瞬きに、すなわちそれを、生きています。

波の音にピアノの旋律のこまぎれを持って、老女の足の裏は少し膨らみ、それからみるみる小さくなってゆく。皺がきゅっきゅと埋まってゆきます。手足も腰も、胸も頭も、一度はちきれるほどに満ちたあと、ぐんぐんとひきしまりながら縮小される。毛髪は、熱と水とを取りもどして大きく膨らみ大きくうねり、それから幼い金色に輝く真っすぐな直線を取りもどす。小さな足の裏、まだどこも固くない。やわらかいぜんぶにもどった老女は再び砂浜を駆けています。

老女はぴったりしたセパレートの水着を着て走る。走りながら、自慢の髪のさきが肩胛骨にはりついて、何度か腕をまわしてひっかいてみても届かない。砂浜へ降りるまえに母が念入りにすりこんだ日焼け止めの匂いがとても気になる。きつい匂いがするのです。この夏の、髪の毛のつぎに気に入ってるこの水着の肩紐に染みつかないといいけれど、と心配しながら駆けてゆき、それからあつい砂を踏みしめて我慢しながら歩くことにするのです。あつい砂粒の集合を踏みしめるのはまだできたばっかしの、ほとんどさらの足の裏。

　砂のうえにはまだ名前のない色々なものがあるのだから、注意してみれば老女が知っていたのはお城だけ。誰かの作りかけの塔に足をつっこんで転びそうにもなるのです。あとでこのお城のつづきを作るのも悪くないなと思うけれど、老女は青年に会いにゆく途中だから、ごめんなさいと誰かに謝るのどの奥。老女はまだ生まれたてに近いから、ことあるごとに心の中で、謝る癖をもっていた。あのかわった風な青年の顔、母のこごと、ストローについた口の跡はこわいのです。この数日間の、母の、とてもおしゃべりに夢中だったことを思いだす。

　老女は退屈をひねりながら蝶々むすびを繰りかえし、大きなホテルの隅々を歩きまわって青年にはじめてぶつかったのはひとまわりむこうの金曜日。

　大きな耳と、線のたくさん入ったかわった顔と丁寧な声、そこには細長い余地があるのが見えました。小さな老女は青年を見あげて、あなたは回復するピアニスト？　青年には、じっと黙るか、低く垂らして明日まで、と言ってほしい。晴れたら水着を見せにゆくから、老女は青年を一日で気に入って約束みたいなことをする。

暖かさに湿りだす夜に乗りこんで、母とその友達とその友達の老女より少し小さい娘のたった四人で、海老が載った大皿の料理を食べるのです。母とその友達が、またもやおしゃべりに夢中になって言葉のおしりを追いかけてるとふたりの区別が消えるのです。その中間で老女よりもまだ生まれたてに近い女の子は口のまわりをべっとりソースで汚しているけど、それがとてもわざとらしい。半分も満足しない指を動かして海老の頭をちゅうちゅう吸って何か言う。要するに、ラウンジの横っちょで、昨日も一昨日もピアノを弾いている青年を知ってます？　知ってる、さっき足がぶつかったの、と老女は答える。わたしはね、一緒にピアノを弾いたわよ、一緒に隣におちんして。女の子は海老のひげをゆうらゆらして得意気に報告する。わたしったらまた弾くの。あなたも弾くの？　ううん弾かない、老女は答える。だって手でしょ手でやるんでしょ、そんなの全然つまんない、悪いけど、は黙読で。

夏は空気の固形をきらって、手で目で薄い黄色を混ぜて、あつい砂を刻んでゆきます。老女と青年の出合いの二回目、ピアノのわきでのばったりを、老女は青年を目指しながら思いだす。ひゃっこい大理石の馬鹿みたいな柱がいくつもいくつも咲いてあって、青年とぐるぐるまわりっこして遊ぶのも悪くないなと思うのです。二回目は、二回目だから、自己紹介をしようと言う。青年の名前がつるりと老女の耳にやってくる。そのとたん、まあ、なんて。老女が見つめる青年のまわりに美しい文字の配列が秒針みたいにきらきらして手に取れる。これは世界製に見えて、そのじつもっと違うもの。そして意味はなに製かしら。いつもどこで作られますか？　老女の足はうきうき動く。すべてが黄色にたなびいてるし、黄色にまくられている内部です。

老女はこの夏、水着をこえて、髪の毛の上質な束をこえて、何よりも気に入った青年の名前を何度も呼びます。呼ぶたびに、母のしかめつらを編む。だってその発音が心地よくて、言葉に鳴るまえの感触は老女の目にはこう見える。なんだかそれは最も高く、すてきである！　それを青年に伝えたいけど、生まれたてのみずみずしさが我慢するのはいつだってこういうもどかしさ。そして青年がしゃべります。僕はひとりきりでだいたい砂浜で寝そべっているのだとしゃべります。我々が見るのはいつだって風にさらされる青年のあれこれ。晴れた日が、空を覆う今日というたった一度の午後の区切りに、老女は近づいていってピアノのことを問いつめよう。こちらから見れば青年は砂のうえに横たわっている。長く横たわっている。頭の少しうえにある浮き輪。浮き輪のなんていうわけ知り顔。何かが入ってくるからには、必ずそこから抜けてゆく一連が輪っかの形をして笑ってる。女の子つきのピアノの椅子が老女をよぎる。青年の名前を繰り返す老女の呼吸のつなぎ目に、青年も老女の名前を呼んでくれます、そしてさらにそのつなぎ目に、指でつまんだ貝殻を検分しながら青年は、森や、大好きなロウや、荒地や、住所や、虎や、噛み癖の場面の由来をとてもきれいに披露します。明確に。そしてそれらが混ざります。虎を溶かした黄色の水。ロウソクみたいに燃える木の、てっぺんのぎざぎざは空を噛む。荒れ地を老女が蹴ったあと、雨が降って湖みたいな鏡ができた。結び目が、きれいに青年の手の中に見える。湖みたいな青年の手の中の鏡をふたりでのぞきこむ。映っているのは誰ですか？　老女は青年に手を伸ばす。映っているのは誰だろう？　青年も老女に手を伸ばす。ゆりかごみたいな青年の手の中の輝いて漏れる結び目を、青年はもう片方の指さきでしゅっとつまんで口に入れて、まばたきもせずに飲んでしまう。その瞬間を、夏の日のすべての砂粒を、おなかの少しだけ膨らんだ黄色い水着の愛らしい老女の感嘆がつつみます。明確に、それはとても明確に。

老女はもうすぐ終わるベッドのうえで、もうすぐほんとの終わりかけ。ほんとのちょっとの瞬きに、すべてが黄色い夢を見ます。それは黄色いあつい夏の日のこと。老女はほんとの瞬きに、すなわちそこに、生きています。

　青年と老女は海に入る。柔らかなガラスの粒子だけで作られた波が、どこもかしこも太陽の光を吸うだけ吸って、吐きながら吐いて、老女のはりきった皮膚とか、さっきの浮き輪のよそよそしい表面や、青年の半円形の巨大な耳たぶのくぼみなんかを輝かせてゆく。わたし、ずっとだってあなたの耳に入ってあげてもいいのよ！　老女の足はうきうきします。

　そんな風に、老女はほとんど生まれたてに近く、ぼんやりしてれば青年の口からでたのは驚くことにあのあのあのあのバナナフィッシュだったから老女の全身は爆発しそうになりました。バナナフィッシュ！　老女は何よりもバナナフィッシュが大得意。

　しかし老女は実際にバナナフィッシュが現れるまでは内緒にしておくのだと懇意を混ぜて決心します。とってもほんとのこととして、老女にとってはそれこそブルーユニコンかバナナフィッシュかというくらいのそれはもう得意中の大得意だったのだから、知らないふりをして試してみれば、縮れ毛の、それから目の離れたやさしい軌道のこの青年だって、バナナフィッシュについては正しいあれこれを述べています。過不足なく・親密に・そして何よりも、経験的に！

いいわよお・いいわよお。老女は水着にはついていないけれどさっきまで着ていたパフスリーブのブラウスの小さな口を、さらに小さな唇で挟んでまくりあげられるだけまくりあげて、ぴたりと保存したまさっそく海水の中へ顔を乗りだせば、海は入ってきます、すみずみにとても入ってくるのです。すればとたんに老女の顔のまえを一匹のバナナフィッシュが通り過ぎてゆく。

ああつまらない、つまらないこれだから。

老女は海水に舌打ちをこぼして回す。そういうわけで除幕式と終わりの言葉がほんの数秒で達成されて、ああつまらないつまらないこれだから。青年に見えたままを言うと案の定、青年もとてもつまらない温度になって、相談もしないで、いいから、水の中から引きあげましょう。うす焼きたまごみたいなさあっとしたような空を見ると、うんと昔の遠くから小さな鳥が飛んでくるのが見えました。黒くて、古くて、なにか鉄でできてるような。どうして飛べるの、あれは、翼もないのに、呼んでもないのに。老女は胸に暗いひとつの影を見て、青年のほうにむきかえる。どうして来るの、あれは、必要ないのに、もう、ほうっておいてほしいのに。青年もその古い鳥を見あげてる。青年は何にも言わずに笑うのです。老女の影は濃さを増す。ふたりでそれをじっと見ていたせいで、老女は青年にさよならを言うのを忘れてしまう。ちょっと歩いてふりかえると、青年が最初とおなじかっこうで砂のうえで横たわってるのが見えたのです。

老女はもうすぐ終わるベッドのうえで、もうすぐほんとの終わりかけ。ほんとのちょっとの瞬きに、すべてが黄色い夢を見ます。それは黄色いあつい夏の日のこと。老女は長く生きたけど、この夏の日のことを思いだしたのはその生涯で一度きり、この瞬きのことでした。老女はもう、自分の名前も忘れてしまった、黄色い夏の、青年の、すてきな名前ももちろん忘れた。あんなにきれいな名前です。覚えているのは、黄色いばかりの「しびれる、足を、もっとみて」。

生きてるあいだは忙しかった。けれど老女はもうすぐ終わるベッドのうえで、もうすぐほんとの終わりかけ。老女を最後に訪れたのは、それは黄色いあつい夏の日です。我々が知るのはいつだってつみあがってきた日々のあれこれ。こちらから見れば、すなわちそこは、生きています。

いざ最低の方へ

彼女自身にもわからぬ胸の痛さは大変につづいているのですが、彼女自身にも心当たりがないのですからそれは難儀なことでありました。彼女は料理を好きになろうとしていました。彼女なりにのっぴきならない事情のなかにありました。彼女は離婚したばかりだったのです。決められた時間のなかで、削る、煮こむ、蓋をする。たたいて、ゆがいて、粉をつける。そんなことの繰りかえし。

そういうなかで、ぐつぐつ痛い夕方もあれば、なにか固いものの皮をむくような痛みでもあり、また驚きを練って散らした痛みでもありましたから、そのたびに青じんでくるのです。これはよくあることですが、まず手足。それから眼球。もちろん白目部。痛みがかさなってゆくのがさらにさらに増えたとき、彼女の顔はすっかり雨あがりににじんだ手紙のようになっていたので、鏡をみるたびに不安になるのでした。青じんでる、青じんでる、と彼女は鏡をみるたびに思いました。その不安は、中くらいのかたさのもの、それはチーズとなすびだったりもするのですが、それらを刻みに刻むことでまぎらわせても、いたのです。

タイマーを合わせるなんてこどもみたいだと思いながら、台所の柱によりかかって、彼女は目をとじてみます。そしてすっかり青じんだ自分の両手で自分の頬を包んでみれば、それがいつもよりもやわらかい。いつもよりもつるつるしているのです。みょうがのさきのような濃度勾配の青さを忘れて、そのことに少し気分がよくなるのも事実のことでありました。目をとじると便利です。だけれども、それでは料理ができないのです。またしかし、彼女の体に起こるできごとを彼女自身に心当たりがないとはいったいどういうことでしょう。当然でしょうか。怠惰だろうか。いずれにせよ、彼女の食事はいつもひとり。

ずうっと昔に読んだ本では、夫婦が向かいあって食事をしていたのです。本のなかのたぶん美しい部類の妻は夫を好き損なったふうでした。夫はぺらぺらしゃべり、口をあけて咀嚼します。妻は目をしっかりみひらいて黙って口をとじて咀嚼します。短くて、最終的にはいつもあかるい物語はそこから始まっていたようでした。妻はしっかりとじられた自分の口のなかの、誰にも聞こえない騒音の独り占めとそれにまつわるあまりのプライベートの完全さにほれぼれとしている云々。そして好きではない夫の口から自分が作ったじゃがいも料理を取りもどそうと夫の口に飛び込む云々。その際、妻は見事に臼歯をかわしてゆかなければならない云々。そんな妻の思惑とそのあとの行動を読んだとき、彼女は、たぶん、こういうことは成功するんだろうな、と思ったものです。読みながらにそう思う彼女の口はどうだったかというと、どちらでもなく、つまり放たれてもいなければ、密封されていたというわけでもなかった、ということです。

よそよそしい料理のあいまは目で見るステンレスが銀歯を唸らせるので気持ちがわるくなることもあり、しかしそれにも慣れるのです。だって、わたし、アルミホイルを嚙んでるわけじゃないのだもの。コーンを散らしながらそれでも胸の痛みについて考えることも増えてゆき、なぜならばやはり痛かったからなのです。胸が。しかし痛みについて考えるとはいったい何をさすのでしょう。痛みは、感じるだけではないですか。しかし、だからといってそれがお医者につながることとは限りません。事実、彼女は胸につなげてお医者を登場させることはなかったし、痛みのなかでひとりで痛みにぶつかっていただけなのです。鍋をかきまぜ、たまごを溶かし、肉を重ねて、まるめこむ。あと何分、あと少々。その頃には体のほとんど全部がすっかり青じんでおり、それを鏡に映してみれば、ああ、何かの完成まであと一歩なのだ、というようなそんな感慨がやってきそうにもなるのでした。それに彼女は幸運にも3ヶ月まえにあらゆる仕事をめでたく放棄し、それはまた健康的に受理されたものでしたから、思うぞんぶんに痛みながら料理することも、できたのです。

真夜中に暑くて彼女は目を覚ましました。台所で眠っていたのです。つきっきりで煮こむといいこともあるという話でした。味がよくなるのだと聞きました。鍋の蓋のうごく気配、少しだけでている水の音、どこであれ、寝ているときは痛くないことを少しまえに発見していた彼女は、1日は料理以外のほとんどを寝てすごすようになっていましたから、起きたのが何時なのかとっさには摑めなかったけれど、目からくる温度からしてそれは、正真正銘の夜。ついに、眠りと料理が同時に起こったこのことに、彼女はたまねぎを選びながら少し興奮していました。

しかしいまは冬なのに、なぜにこんなに暑いのか。彼女はどこもかしこもなんといっても汗にぬれ、こういったことは人生で初めてのことでした。寝汗でびっちょり、なんてことが自分の身に起こるなんてことは思っていなかったけれども、しかし確かに水分で覆われているのです。台所の床に汗が漏れてないかも心配でした。そして体はなおも熱をあげてゆくようでした。彼女は家にいるときはかならず寝巻きを着ているものでしたから、熱を逃がそうとして、胸にあるみっつのボタンをはずしてゆくのだったけど、はずしてひらいたそこに、胸はなく、見ても見てもあらわれず、ただ真っ黒な、なにか、穴のようなものになっているのでありました。

彼女ははじめ、先月のおわりに真っ黒に染めてやった髪の毛が、ある角度でそこにすべりこんでたゆんでいるのだろう、あとはソースかなにかを寝ぼけてるうちにこぼしたのではないかしらとか思って手をやりましたが、髪の毛なんかありません。ソースの感触もありません。あっ、と思ってさらに奥に手を進めると、そこは暗闇だったのです。青じんだ指さきがその暗闇にそっとふれ、ほんとになにもないのです。そのつぎに指がぜんぶ入り、手が入り、手首、ひじ、どんどん入り、あっ、こっちの手も入れてみよう、と思ったしゅんかん、手を抜いて、こういうものは見ておかないとあとあと面倒なことになりそうだ、と彼女はそのときはっきり思った。両手で寝巻きの左右をそっとひらいて、首を折ってのぞきこむと、やっぱりそこには暗闇が、つよく深く広がっているのでした。これは面到であるのと司時にどうしたことかと彼女は身を起こして、台所の真夜中の真ん中で目をこらしてみると、寝巻きの布のふちのところに小さなはしごの先端が見えました。どれくらいあるのかを検分しようということからそれをつまんでひっぱってみましたが、どうもはしごは際限なくつづくように思えるほど長くつづきましたので、きりがないなあとあきらめてもどして、しかたなくそこに第一歩の足をかけ、彼女は降りてゆきました。何かと役にたつことはよく理解していたので、小さな包丁をもってゆきました。

ぐんぐん降りていくと、まあ居心地は悪くなく、まあぐんぐんと降りてはゆけるのでした。はしごを降りてゆく最中は何もかもがふつうでした。ときどき知ったふうな匂いのまじる風がまわり、強風世界ならぬ弱風世界でありました。温度もふつう。さっきの暑さがぱらぱらとはがれ落ちてゆくのがかすかに見えるのと、はしごのたわむ、ばゆんばゆんという音が鳴る程度。彼女はときどき、あっ、と大きな声をだしてみましたが、その響きかたには覚えがないので、そこは台所よりかは大変に広い場所か、とても狭い場所であるのだということだけがわかるのです。彼女はさらにぐんぐん降りてゆきました。

3日間ほどそこをゆくと、不意に着地したのです。

なんといっても胸のなかのことですから、肺胞のかさかさしたぼんぼり調のや、粘膜っぽい底であるとか、何か骨々しい梁のようなものでも頭上にめぐっているのかと思っていたけれど、そこは直線的な部屋でした。彼女にとっては新鮮でした。もちろん天井はありませんが、窓も廊下もありません。そんな部屋にぴかぴかの蓄音機みたいなものがおいてあり、彼女はそれに対して少しく嫌悪を感じもしました。だいたい、胸が痛くて、そして胸に真っ暗な穴があいていて、降りてみたら蓄音機めいたものが置いてあるのってどうなのかしらとそんなふうに思ったのです。ここであってほしいのは、同じ種類の出力機械であるならばどちらかというと、たとえば最先端のラジカセのようなものだったと思うのです。そして彼女はラジカセ、という言葉のひびきにも少しく嫌悪を感じるのでした。いま、音をだす最新のものの名称はなんですか？　彼女はそれがわからない。青じむ指さきをいまはしっかりとじてある口にあてて、しかしじっさいに見るのは初めての蓄音機のようなそれは、まあ立派であるには違いなく、単に精密っぽく美しいのでありました。彼女は、あっあっ、と言いながら近づきました。

機械があればなんであれそれはすぐさまに回すもの、とどうやら決まっているようですから、彼女は力いっぱい回すのでした。その機械のとても堂々とした見ためから、もっと手応えのようなものがあり、もっと重厚な感触を想像していた彼女の手は空回り、なんともするする回るのです。すると彼女の頭がすっぽり入ってしまうほど大きく咲いた金色の花びらの口から、まるで自家製の麵でもしぼりだすような具合でにゅるにゅると文字が連なって、湿りながら垂れてきて、床にぺたりぺたりと落ちました。彼女はつづくそれを見て、これは麵の製造機なのかしら？　そして、それについてはどう考えてよいのかが、そのまたたきにはわかることができません。しかたなく、彼女がその、麵じみたくたくたの文字はなんであるかを読みたいなと思って、つまみあげようとしたらばそのとたん、へたりこんでる文字群はいきなり光を放ちに放ち、まるで黄金に焼きあがる力いっぱいの巨大なお祝いクッキーのようにいきなり立体となり、彼女のまわりをびゅんびゅん疾走したあと、たつまきみたいに元気よく、はるか頭上に吸いこまれていったのでした。

彼女は目をまるくして、口はしっかりととじたまま、あっあっ、と小さく声をあげました。もう一度、取っ手をぐるりまわしてみると、にゅるん、と落ちてきた生地状になった文字は、手で触ると、さっきとまったくおなじように生き物みたいに動きまわって大きく輝き、上空にぎゅうんと吸いこまれてゆくのです。その文字群のきらきらしさがちょっとだけ、彼女にとってはとてもきれいだったので、彼女はさらにぐるぐる取っ手をまわしました。文字群はさっきとおなじ雰囲気で、ぺたり↓ふっくら↓きらきらの順で、頭上にそびえる暗闇の、果てのない筒状の空のようなものにぎゅんぎゅん吸いこまれてゆきました。何度も何度も。彼女はなぜだかそうした段取りを面白く感じてもいたので、何度も何度もやりました。それにこういうことって、なるほど胸のなかで起きやすいできごとのように思えたし、そのことについては大変に好ましく感じもしたからです。

彼女はまた3日間プラス3日間プラス3日間ほど、そうやってまわしていたのですが、そうなってくると完全に飽きてきたので、これで終わりにしようと思って。取っ手をにぎり、最後のひとまわしをしました。そして、やっぱりこういうときには記念を記念する行動も大事なんじゃないのかしらと思ったりもしたのですが、こういうことをどう記念してよいのかがまた、わからない。少しだけそんなことを思案しましたが、疲れてきて、とにかくここでこんな風にしていたってもうしようがないとくっきりしました。でてきた文字を手で触って、むくむく膨れあがって発光した文字群の最後にきらめいたその尻尾のところをしっかりにぎって、彼女は文字群と勢いよく巻きあがり、胸の入り口をめざし、うえへうえへ、その出口へとひっぱられながら上昇しました。

そうしながら、彼女は、文字を食べてみました。昼も夜もけっきょく9日間くらい飛んだので、おなかが減ってしまったのです。上昇しながら文字のはしっこをひとくち噛み、ふたくち噛んで、飲みこみました。それから降りてくるのにかかった時間の倍プラス1日をかけて上昇する最中に、彼女は、たぶん、こういうことは成功するんだろうな、と思ったものです。ときに激しくたつまかれつつ飛びながら、彼女はその飛行が思ったよりも長かったためにもうひとつのことを思いました。

いつかわたしにも友達と呼べるような関係ができて、この一連について話すことができたとしても、（台所で料理してたら汗をかいて、そしたら胸の中が真っ暗になってたのではしごで降りていってそして、胸の最低に辿りついたの、それで蓄音機っぽいところからでてくるうどんこみたいな言葉群で遊んでたけど飽きたからそれにつかまって帰るために飛行したの）とほんとのところを言ったとしても、そういうのは、うまく伝わらないだろうな、とかそういったことを。

……登録はあいさつ……ハロー……ハローです……ものごとのはじまりのように白い就寝時間の物語……ああ……だからそれこそが……噴火なのです……

きのぼりの従業員と……音楽をこんなふうに閉じていこうではありませんか……奇妙な粉です……水をまきながら移動してゆく抱腹絶倒でもありますから……きらい……ミュートの漆喰……すべての時間のなかで最も成功した態度……それをささえる美しい器機と映画館で……ソフトクリームが溶けるのです……彼にはいよいよ会いにゆくニュースが知らされました……いっせいにかっぽされる憂鬱を……鳴らして……ばったりあった双子の才能に驚かされたりしましたが……それは最初の段階でした……思い出すのは一緒に働いてくれた人……こころから彼はわれわれすべてから惜しまれます……ウールのセーターをたたむという儀式……言っ歌……言っ歌……世界銀行……欠場するには11時以降でお願いしたい……宝をつづける……叫びとささやきの蒐集家……そして紅茶……保護味の……扉を鼓舞する今日という日が……晴れてしまった……ともかくにも……巨大が起きる春のまぶかに……どこの秋……それで睡眠のつもり……結果のいつも美しすぎる手配です……またそれは髪の成長でもあったのです……し……左まゆも増えています……し……瓶のかざりの話をしていれば

わたしは満足することができるということを公開しなければなりません……あなたと会うこと……会話すること……それとはまた別のものからもつねに追われているのです……迫りくる期日……くるぶし級……高速化する呼び出し……白色化してゆく問題点……演劇母子の生活のゆるやかな調査……すき……それはぬれ性を放棄しましょうということです……し……放棄しなければならないのです……し……参加しないことを……最後のこれ……と思ってしまう状況……このあらゆる第一印象と最近のりれき……他の日と……なにかの証拠のようにカ強くがんばれてしまう雨の日です……生身のあなたとしての批判でわたしにむかってほしいのです……それが無理なら夢の進行にかさなる王冠当惑です……し……きみは大変に黄色くなってまた相当に美しくなったものですね……秘密の職業というべきものがあらわれてくるのです………金曜日も水曜日も雨なので……集中するあたたかさにわたしたちはいつだって感謝しているのです……なぜ感謝しているのです……か……夏は去って行ってつまるところなんなのですか……わたしはいつだってこの意味をこそ書くのだと……もうそれ

ばかりを懸命に懸命に生きていたつもりであったのに……ああ避けられぬ仕事を愛する心をこそ書いている……！……なにかわからない書面がおととい届いちゃったのですけど……一定の柔軟剤……されど目を閉じていないと大変なことになると言われたりしたので……そういえば世界クッキーがふるまわれますよ……正しい入力電圧であなたの正しい記事を書きたい……し……この低音を記念してわたしにできることはなにか……実装……一週間前には発注してくださらないと困ります……し、分野……したたり落ちる若い・みどりの・革命だった……さよなら氏……まつげとてそれとてとても無理な話だったのです……し……ウールのセーターを洗うという儀式……そういえば生まれかわることを強要する春……漂白を義務づける春……あらゆる春の姿を中止させたい……それにしてもとんだ合唱団だこと……ハローですって……詳細は死んでからでけっこうです……きらい……りぼんです……それが嘘であっても治ればほんとう……あなたは星雲のりんかくを知ってしまったのでなので生まれて今日のこの時間までのっぺりといつでも悲しいのです……し……それ……いいえ……ウールのセーターからにおいをとるという儀式……本を読みたくありません……すき……これは静かにしてください……春に行われる最初の録音……労働のあまくるしい成果……じっさいにはどうだろうね……考えた彼らはいったい何をしたというんですか……のりで封筒をはります……はさみで象をくりぬきました……競争者……ああ……これは総正反対……だけど窓枠にはびっくりだな……立体のよい1日をお過ごしください……ペン……鉛筆をおしすすめて……はい……合計することはむずかしいですがしかし喜びにたえることもまたむずかしいことであるのです……すこし暖める……？……すこしきつくする……？……感情が変更されてしまうと次にやってくるものはいつも粘質でありました……動物園を担当してそして死ぬこともあります……し……それとはべつに……とてもおだやかな夕暮れに……母がとても感心してくれましたから……以下……待つにはみじかくてゆわうにはながすぎる自分の縫い目……もうそろそろ経験はそとに出したほうがよさそうです……そして名前……すべてすぐそこで見ていましたが……友人でさえある直角……まもなく冬が埋まってしまうと……最

終的に誰もがよい食事をたのしむことが可能になります……

自分がこのように、歌うようにつぶやいている声のその音に気がついて、つづけて、口がひらいていることに気がついて、彼女は包丁を落としそうになりました。飛行の途中で、食べたせいだと思いながら、しかし自分の口からなにが出たのか、わからない。いつのまにか飛行を終えて、ぶなんに胸のそとにでた彼女は、台所できゅうりを刻んでいるところでした。見まわすと、部屋は薄暮にのまれて、時計を見ても、わかりません。鍋は煮こまれつつも、静かです。気をとりなおして水を飲むと、やっぱり胸は痛いのです。さっき口からでてきた言葉をもう一度、と思っても、思いだせるものはありません。なにかとても不安になり、見るとコップをもつ手も変わらずとても青じんでいました。胸にちろちろする痛みはなんだか懐かしいともいえるような痛みであって、懐かしい、ということに、涙がどんどんでてくればとてもいいのになあ、と思うのです。そうしながら、彼女は、色々なことは仕方ないなと思うのでした。手の甲で鼻のしたをごしごしぬぐい、それからその手にもった包丁を見て、何の役にも立たなかったと思うのです。

それから気になるドレッシングの割合がのってるページをひらこうと指をなめて捜します。包丁をにぎり猛スピードでねぎを刻む、さっきの飛行で、何日も文字群のしっぽをつかんでいた手のひらに、くっきりと残ってるそれらの言葉を彼女は頭のなかで繰りかえしてみたいけど、それは去ってしまったものでした。そして、手は料理をつづけているのに彼女はこんこんと眠るのでした。それは走っているようにも見える眠りで、それは彼女の技でした。

永遠につづくようなひきのばされた夜の途中で、彼女は何度も暑くなって、また、汗を波のようにかきつづけ、目がさめて、それからおなじように寝巻きのボタンを外すのだけれど、するとおなじようにあの暗闇が口をひろげて彼女を待っているのです。しかし彼女はなにしろとても眠いので、それに料理もしなくちゃいけないもので、その暗闇を見ることは見ますが、見るだけですぐにボタンを留めるのでした。そして両手でつるりとした頬を包んで眠っています。

留められたボタンのしたの、何日もかけて辿りつく胸の最低からときどき文字のたつまく音がひゅうひゅうしますが、それは無視して、もしも明日の朝になって、体ぜんぶできちんと起きることができたなら、なにを作り、そしてなにを食べるのがよいのかを考えているのです。

星星峡

頭痛がいっこうによくならないと気づいたのが先々週の火曜日。それにあわせてこめかみが痛みはじめたのが先週の木曜日。ちょっと太った？　と顔を真正面からじっと見られて質問されたのが日曜日の午後だった。そのときわたしたちは動物園にいて、ちょうどキリンの柵の前にある木製のベンチに座り、半年は冷凍庫に入っていたに違いない（つまり古い）、かちかちに凍ったアイスクリームをうまく舐められないので齧っているところだった。そう見える？と聞きかえした。いや、太ったんじゃないのかも。なんか顔の感じが先週と違う気がしたんだよ。顎のあたりがまるい感じがして。でもすごくいいと思うよ、と彼は答えた。ふうん、と相づちを打ちながらアイスクリームの崖のような表面に歯をあてながら、顎のあたりがまるい感じがしてそれがすごくいいというのはどういうことなんだろうと思った。まるいといいのだろうか。それは好きというのと、どう違うのだろうか。顎となにか、関係あるの。わたしが黙っているので、彼は話題を変えようとして柵の中の一組のキリンについて色々と話しはじめた。キリンの首はなぜ長くなったのかとか、あの色と模様はどこからきたのかとか、聞いたときにはそうなの、と思うけれど必ず忘れてしまうような、そんな話だった。余計なこと言ったかな、としばらくしてから彼が申し訳なさそうな顔で言ったけれど、わたしはそのときにはもうそのことは忘れていて彼が何のことを言ってるのかわからなかった。あんまりしゃべらないから怒ったのかなと思って。そんなんじゃないよ、ごめん。なんだか気まずくなったので熱帯の鳥たちはパスして帰ることにした。また明日学校でね。手をふって別れた。こめかみと頭が痛かったのだ。

家に帰って鏡を見ると、たしかに輪郭が少し変わっているような気がした。

頬の下あたりが膨らんでいるように見えた。顔を両手で包み、おたふく風邪にでもかかっているのかと反射的に考えた。けれど17歳でおたふく風邪にかかるなんてそんなことあるのかしら。あれは子どものかかる病気じゃなかったっけ。症状は、どういうのだったっけ。熱はないけれど、頭痛とこめかみの痛さがずっと気になっていた。

食事のときに、むかいに座っていた姉がわたしの顔をじっと見て、あんた、顔が大きくなったんじゃないと言った。母も父も何も言わずに皿の上の鶏肉を食べつづけていた。わたしも黙って鶏肉を噛みつづけていた。ずっと噛んでいたせいか、痛みは顎にも移動してきていて、食事が終わるころには顔の全体が痛くなりはじめていた。もうこれ以上は無理だというところまで噛んでみて、部屋へもどろうと席を立ったときに、顔中が痛いのよ、と誰にむかってというわけでもなく言ってみた。母も父も黙ったままだった。いやらしい人間……つまり本当はびくびくしてばっかりの小心者のくせに負けず嫌いで見栄をはるばっかりの人間にかぎっていつも顔に無駄なちからが入っているから、それで壊れたんじゃないの、姉はそう言うと笑いながら部屋にもどっていった。食器と食器のぶつかる音の真ん中あたりから、明日、医者に診てもらいなさい、というとても久しぶりに聞く父の声がした。

どんどん低さを増す夜にあわせて顔の痛みはひどくなるばかりだった。なぜもっと早くに医者に行かなかったのだろうと後悔したけれど、明日になればぜんぶ解決するのだと言いきかせてベッドにもぐりこんだ。淡い闇の中に、昼に見た動物たちがつぎつぎに現れては消えていった。種類は違うけれどそれぞれ茶色や白の毛に包まれていて体がひどく重そうに見えた。どうして動物園へ行ったのだっけ。とくに行きたいとは思わなかったけれど、誘われたから行ったんだった。草や糞や土が混ざりあった匂いの奥から、狭くて暗い穴みたいな場所でうずくまっている羊や象のすんだ目が見える。誘われたからって断ることもできたはずなのに。とくべつ好きではない男の子と休みの日に会ったりすることに後ろめたい気持ちがたしかにあるのに、楽しくないのに、友達にも、断りたい気持ちのすべてをうまく言えないことをいつも理由にして、逃げて、そういうことをしてるから、わたしはいつまでたっても駄目なままいるしかないんだと思うと急にこわくなって、まぶたがぐんと熱くなった。でも、泣いてしまうともっととりかえしのつかないこわさが毛布の下のほうから這いあがってくるような気がしたので、息をとめて我慢した。気配がしたので顔をだして窓を見ると、いつものようにガラスのむこう、カーテンの隙間から夜を背にした姉がわたしを見つめているのがみえた。

＊

口の中の変化に気づいたのがいつだったのかは、時計を見なかったのでわからない。でも空はまだ暗く、朝へむかう物音ひとつしていなかったからたぶん真夜中だったのだと思う。息が苦しくなって目が覚めて、顔に手をやるとなにか弾力のある大きなものに手のひらが跳ねかえされる感触がして、どうやら何かがわたしの口からでてきているみたいだった。それは舌だった。舌がどんどん膨らんで口に収まりきらなくなって、目線をずらすと胸のうえにまあるくのっているのが見えた。そうか、あれらぜんぶは舌が出ようとしていたための痛みだったのだと、わたしは納得したのだった。

舌は休むことなく泡のようにふかふかと口からあふれだしていて、少しすると体とおなじくらいの大きさになり、やがてベッドの輪郭をはみだしてするすると床に伸びていくのが見えた。口も、顎も顔も、頭も、もうどこも痛くはなく、寝がえりをうつと左半身がやわらかな舌のうえにのり、それは今まで寝転んだことがあるどんな寝具ともどんな芝生ともどんな土とも違う感触だった。ぼんやりと見つめているとそこに草原のようなものが広がっているのに気がついた。わたしはそこへ降りてゆき、楕円にひらけた青空を見た。足下には昼間に見た動物たちが佇んでいた。閉じこめるものは何もなく、与えられた自由に彼らはどうふるまってよいのかわからずに戸惑っているように見えた。南の匂いがするほうへ歩いていくと、大きくてあたたかな風が何度も吹き、影は草を刻みながら走り、山羊の群れの中で父と母がいつもの食卓でむかいあって鶏肉を食べているのが見えた。父も母も涙を流しながら、鶏肉を噛みつづけているのだった。ねえ、もう食べなくてもいいんだよ。そう言いたかったけれど、舌がこんなになっているせいでけっきょく声をだすこともできなかった。鶏肉は皿のうえでどんどん冷たくなっていって、父と母はそれよりもっと冷たい指を動かして、涙を流して噛みつづけていた。わたしはいつもこうだから、だからこうして大事なときに大事なことを言えないままで見ていることしかできなくて、そのことを悲しいことだと思いはするのに、どうにかしなきゃと思うのに、それは決して嘘じゃないのに、なぜ何もかもを、なかったことにしてしまうのだろう。どうしてすぐに忘れてしまうのだろう。そしてずっと昔に読んだ本に書いてあった、星と星との空間のような顔と心をもったそんな大人に、あとどれくらいの時間がたてばわたしはなってしまうのだろう。

　ドアを叩く激しい音がして草原がゆれ、低く暗い雲がまたたくまに空を覆いはじめた。姉が来たのだと思った。しかしそれは今日一緒に動物園へ行った、あのよく知らない男の子なのかもしれなかった。ふたりは一緒にいるのかもしれない。ドアを叩く音は鳴り止まず、激しさは増し、聴いたことのない風の音がしたので顔をあげると遥か上空に島のような巨大な石が浮かんでいるのが見えた。音はどんどんひどくなる。石はもう少しで落ちてくるに違いない、そうすれば草の上の動物や父と母の食卓を圧し潰し、そこに石とおなじかたちをした完全な穴をつくるだろう。わたしは舌にあるかぎりの力をこめて巻きあげて、姉が、彼が来るまえに、そこにあるすべてを喉の奥へと飲みこんだ。

冬の扉

17:09

夜をむかえる繊細が、ひくく呼吸をしているその裏で、のびてゆく影、濃くなってゆく影、置き去りにしようとする影を見ていた、風が吹けば動けなくなって言葉も去って、わたしたち以外には誰もいない12月は胸も目も指さきも、ここでやわらかな助けを待ってるような気が、嘘だよってそんな気が、わたしだけ勝手にしているけれど、そのおなじ12月の胸や目や指さきは、ヴァイオリンや深緑の息でいっぱいだったときのことを思いだす、悲しい、と書いてみるときととてもよく似たふるまいで、わたしたち何時間でも話していられたんだ

った冬は

17:17

たしかにいまもおなじような冬の中にいるけれど、なにもかもが嘘みたい、と自分にむけて言ってみれば咲きはじめるものもある、ああそうだった、なにもかも、と言ってしまうのがわたしの弱い癖だった、あたらしい極端を手に入れる努力をしなかったからいまこうしてわたしたち、こんなふうに動けない、外へ、窓へ、わたしは努力をしなかった、努力、と言ってみれば舌から息が転がり落ちて遠くで鐘が鳴るのがきこえる、きこえる、まだ隣にいる君にもこの音が、あれはたぶん教会の、みたこともない教会の鐘の音がきこえてる、ふたつまえの冬のおなじような時間にもきいたことがあったのに、そんなことも確かめられないくらいにそれぞれの手袋は黙ったままで秘密を探る

17:19

話すことがなくなったって、それは唇のすきまで君がもうわたしになにかを望んだりしないだけのことだって、そんなことはもうわかっているのに、進んでゆけばどこかに辿りついてしまうことがすべてに繋がる悲しみだった、小さな部屋に誤解されるし、泣くのは涙を捨てることとって、そんなことを言いあって笑った12月もあったけど、ためらいがちに足をまえに差しだすたびに、よく知ってるはずのコートが知らない重さを吸って吐いて、足が止まってベンチに座る、少し遅れて君も座る、匂いの冷たさが布にしみて、鉄の無言が爪にしみて、さっきから黙っているからこれ以上もこれ以下も、もう黙ることなんてできないのに、まわりには紺の、まわりにはひかりの、ぼんやりを、あてもなく数えてみればそのまま黙ってわたしたち、わたしたちの半分だけでこうしてここにいることを理解する、ここに夕暮れが降りてくる、薄闇がこれまでの約束を放棄して、まるで大人しい革命の夜明けめいた顔をして、とくべつなゆれ、色の色、わたしはなにも追いつかない

17:21

思えばいつも冬だった、失った郵便のあてさきも、噴水の足もとをただよう黒い葉も、名前もないような木がたくさん生えているだけのこの場所を森だなんて勝手に呼んで、よろこんだ、森で会って、森へ歩いて、そんなふうにしてたこと、手紙には名前も日付も記録されていなかったことを思いだす、あれはいつ、いまはいつ、君に叱られることからはわたしはとても遠くに到着していて、まぶたをあけて見せるとき、曇天はやはり純白にはならないでしょって言ったこと、非常に穏やかな夜のシーン、七回目の君の魅力、忘れられないと抱きしめて、忘れられないと言葉にして、何度も何度もそれはもう、ありとあらゆる何度をもって、もしもこれ以上を望むことがあるならね、ずっと一緒にいられること、その果てにふたり一緒に消えられること、本当にもうそれだけを、わたしが知ってるこれまでのなににも本当に似せないで、世界のぜんぶで思ったこと

17:27
閉まっている窓をそれ以上、閉めることはできないねって、なにかすごく、なにかとても本当のことをなにか言ってとせがんだときに、食べる気もない果物を並べる手つきで教えてくれた、わたしたち、毛布で額のうえまでくるんで目に見えない湿り気の中をただひたすらに旋回してた、その指で、興奮で、食べてほしいと胸の中で鳴らすようにそう思えば指が濡れてくるのを吸った、口のなかへ、それから奥へ、もっと奥へ、顔に浮かぶ小さな赤を何度も何度も舐めてもらって、ねえ夜は、失速するのかしら夜は、このまま失速するのかしら、なんでもないような一緒をすごしてそれは口のなかで素晴らしくって、それは君の口のなかでうっとりするほど素晴らしかった、わたしはそれをじっと見ていた、綿密な愛情が目から君にふれるのを

17:31
ふたりには夕食が必要なときもあったから、フォークしかないあの部屋のさ

らに小さなひきだしをあけて、黙ったままでやわらかいものを刺そうとすれば、孤独のかすみに気がついた、点滅は消えて小麦のフィールドは真っ白でそれでいてまっさらな12月、愛みたいなものの処理、わたしを離れて座る君、花、緑、それからろうそく、それらは君の体に照らされていた、息をして息をしてわたしを見て生きている君はあの部屋のとても静かな照明だった、嘘はどこでどんなふうにして接続されて、いまのこのときを知るだろう、君はなにを知るだろう、そしてわたしは？　この冬は？　それを知るにはあらゆる魔法をオフにして、そこから学んだつもりになってることは「なにか知らない誰かの手によってそれが盗まれるおそれがどうしたってあるのなら、塗装しながら抱きしめながらいまこの場所で冷たくなるまで壊すこと」

17:33

夕暮れにのみこまれてゆくのはなんだろう、逢魔が時なんてそんな証明をくれなくってても黄昏は、黄昏自身を身をきりながらのみほすでしょうから待って、君の声に巻きつけたマフラーの紺色が夜にまじりはじめるから待って、取り返しのつかない夜が目を覚ましてしまうから待って、わたしにはもう立ちあがる足も腕もないから待って、冬の真ん中にもっと深くもっと冬が降りてくるから、待って、座ったままで淋しさを右折してみればそんなふうに夢を固めてしまうから待って、生きていればいつだってこうして置き去りにされてゆくのをもう折ったりしないから待って、雪が飽きもせずに降りはじめてしまうから待って、頬が白くなって、やってきた夜の中で浮かびあがる君はもうわたしを見ないその津波のように絡まって

17:47

誰もがすでにある痛みに満足して行かないで、希望の自発は少し奇妙に君は雪とわたしをみまちがえたの、生き物みたいにカーテンが暮れてゆくのを森の背中で笑ってみれば、空がゆっくり去ってゆくのをわたしたち半分ずつの気持ちでみて行かないで、君の耳あたりにくっついた腕のうちがわの毛羽立ちをじ

っとみてたの、行かないで、ねえ夜は、失速するの失速を、夜はしてしまうのですか、行かないで、雪が見える、雪が見える、雪が止んだあとわたしは少し積まれてる、誰も見ない、もう誰も、それを見ない、行かないで、雪は胸まで降るだろう、最後の植物みたいなふりをしてたふたり、行かないで、熱いだけ、冷たいだけ、途切れてしまう、去ってしまう、行かないで、行ってしまう、いつだってわたしたちは余分な枕を求めていたけど

17:56

さよなら家、さよなら肌色、さよなら森の、さよなら信じられないことを、さよならいま少しだけ見えた猫、さよなら名前、さよならいまここから見えるすべて君を含んだこのときすべて、さよなら冬、さよなら冬、さよなら夜、さよなら好きの、さよなら雪の、さよならもう二度となれなさを、さよなら19歳の12月さよなら紺の、さよなら森に、さよなら本当の夜がきてしまう、さよならすべての種類の小さなさけび

17:59
思い出は、すべて素晴らしかったというの思い出は
すべて素晴らしかったと　いうの

誰もがすべてを解決できると思っていた日

　鈍い銀を光るボウルをそれぞれおなかで抱くようにして、右手には昔ながらの泡立て器をぎゅっとにぎればそれはうわむき、銀色です。父は紙とも布とも見わけのつかないうす茶色の袋を引きずりながら台所にもどってきて、なかの小麦粉をスコップでほりだし、きちんと整列した母と姉とわたしのボウルに、それをあけてゆくのです。

「この日のために！」という言葉をわたしたち、それはもちろんこの日のために！――これまでどんなに胸の沸くような祝儀があろうとも粒だつ悲しみが明るい就寝との応接を果たそうとも念入りに慎重にそして懇意に扱ってこれまでただの一度として使わずにやってきたのですが——しかし焦がれるようにして待ったその日がやってきたからといって、その日のためにそれまで準備していたものが、その日に成就されるわけではないということを、水も燃えるふりをする午前九時に知りました。

用意された卵の無数、それから牛乳の広大さ。それは巨大な皿にも見えて思わず寝そべってしまいたくなる白さです。父の背後にも袋の無数が控えています。母は父の合図を待って、わたしたち姉妹のボウルにつぎつぎ卵を割ってゆきます。見慣れたような・ないような仕草を何度も連ねたあとに父はそこに牛乳を何度もまわすようにかけ、わたしたちは生まれてはじめて手にした泡立て器で、粉がふちからはだけないように外から外からかきまぜます。泡立て器のたくさんのみぞに牛乳と卵と小麦粉のかたまりになったものがくっついて、だまになって、それが困惑させるのです。けれどもわたしたちはかきまぜます。ボウルはかきまぜる速度と量にあわせてなめらかに大きくなるのですから、すべらかに成長するのですからただかきまぜることだけに専念すればいいというのはこれはつまりうれしいことです。かきまぜながら、そのことだけがうれしくて、こっそり姉と目配せを送りあったりなどすると、ふたりとも、自然に顔がゆるんだりしてそれは結ぼれ、訪れます。そうですあの、懐かしいそこかしこにある結ぼれの、誰かが結ぶのでもなければなにかに結ばれてゆくわけでもなくただそこにあるだけでおのずと結ぼれてしまうそのことこそがわたしたち姉妹の扉になります。顔の扉はふたつのまぶた、笑った姉のまるい顔のほおの部分は赤いというよりはむらのないきれいな桃色一色で、わたしは姉のことがとてもすき。うかんでくるのは一緒に過ごした小さな部屋のベッドのうえと、すぐした、日に何度でもやりとりをしたきれいな糸つき日記の文字は――ねえわたしたち、家じゃなくて納屋に、納屋に生まれて納屋に育ってみたかったわね――ふたりの編まれる小さな文字は化石の呼吸のただするもので、ふたりの腕とボウルの中身を励まします。

はじまったのは月曜日（父は月曜日がすきなのです）。けっきょく水曜日までかきまぜて父がもういいと判断するだけのおそらくたねができました。火が放たれてからずいぶんの時がたっていましたから台所はあつあつです。父は何度か床にふれて、首をひねり、腕時計に目をやってからもう一度ふれ、それから姉とわたしがこしらえた大量のたねをおたまですくって、床に丁寧に広げてゆきます。白い煙が晴れた日のシーツのようにもうとふくらみそれからいつかいだことのある恥ずかしい匂いが充満します。息をとめて少し吸い、それからまた吸って吐いてをくりかえしてみて、なんとか匂いを忘れようとするのですが、それよりももっと恥ずかしい、これもいつか聞いたことのある音が跳ねているのに気がついて、つまむがはやいか心は耳をないことにしてみます。あたったいま、とても静かだって思ったときを思いだしてみるだけで、それはただちに誰にも見えない親切な可能に接続されて無言の自己紹介を誘うのです。

ホットケーキを扱う望みはただひとつ。折り目のついた正しさで、父のおたまは素早く動き、ふとんを積みあげるようにホットケーキはつぎつぎまあるく焼きあがります。父はわたしたちのつくったたねでひたすらにホットケーキを焼きつづけます、一枚、六枚、十八枚と積みかさなって、二十八枚九十六枚、あっというまにホットケーキはわたしの背を越え、姉をゆきすぎ、戸棚の肩を通過します。電球は退き、天井は譲り、屋根は背骨をひらきます。積みあがりに積みあがるのを助けるように父は無言でわたしたちのボウルから小麦粉をすくいつづけてホットケーキを焼きつづけます。ホットケーキの表面はぶくぶく泡立ちすぐに以前どこかで見たことのあるとても恥ずかしい色になり、何度も父にひっくりかえされほうり投げられるようなかっこうでうえへうえへと積まれてゆくのをわたしたちはボウルを抱えてうつむきながらホットケーキの頂点をただただ見つめて、それからうえへうえへとつみあげます。

それにしても父の手つきはどうでしょう！　ひっくりかえされたホットケーキが床を打つあのしながかった面持ちをどうしてやればよいのでしょう！　ホットケーキを焼きつづける父がわたしと姉に合図を送り、わたしはホットケーキの四段目あたりに足をかけて十一段目あたりに手をかけてうえへうえへと昇ります。誇らしげな顔つきで父が焼きあげたホットケーキを姉がうけとり、いきおいよく放り投げられたそれをわたしがつかんで積んでゆきます。そうはいってもホットケーキはやわらかいので足場に不安がにじみます。おまけに汗もにじむので下を見ると終わり損ねた証明みたいにまるとなって落ちてゆきます。汗であれなんであれ剝がれてしまえばもどってくることは困難だから、それは無理に等しいのだから、わたしは追いかけるのをもうやめてホットケーキをあたまに載せるかっこうでうえへうえへと積んでゆきます。

音はなし、音楽はなし。幸運をひっぱってくるちからはもうありません。破滅だっておなじこと。腕に抱かれたって肺だって。姉が最後にわたしにまわした日記にはそんなことが書かれてあって、わたしが書いた返事はこう。「重要なのはなにかのはずみで、もっと言うなら読みとりなのです、それが重要でなかったことなどこれまでにただの一度としてなかったのだから」。だからだからとつづけてそこでインクが切れたのです。二段ベッドの上の段、枠の穴からだらりと垂れる姉の腕は絵本でみたようなそれは瓶の青白さで、さらには布をかけられた椅子の脚、「鍵なんてない、鍵なんていらないのよこんりんざい」。それは最後から二番目の日記に書かれた姉の文字です、思い出は焼きあがり積みあがってゆくホットケーキ、父は下にいて姉はそれを投げてわたしがそれを積みあげます。父は無言でわたしたちのこしらえたたねをおたまですくってホットケーキを焼きつづけます、ホットケーキが積みあがり頂上はどんどん高くなりわたしはそれにあわせて昇ります。台所はだんだん遠く姉はぐんぐん小さくなるけどわたしの目にはすべてがとても大きく映ってしまうこのこれは、このままねかせておきたいです。

生きてる人とばかり話をしつづけることの滑稽と安寧がわたしの腕からしたたって、月曜日、二年、繰りかえし、数えきれない九時をめぐってホットケーキはこのようにみじかくもない時をかけて父の思うような塔になり、わたしはさらに上へと急いでいます。ひゅんひゅん台所の床から届く焼きたてのホットケーキの表面にかすかな姉の手の跡をみとめるともう今からじゃもうとても、今からなんかじゃもうとても触れることはできなくなった姉のほおの桃色をいっしゅん思いだしてみれば、わたしは姉がとてもすき。いつの日も復活が約束されない以上、それが機能で具体的にはあれとそれ。それは姉が最後から七番目にまわした日記に書いてあってわたしがだした返事はこう。「方法のように愛のことをうっかり知ってる気になってああそれならばわたしもただでは済まされない。この世界のひとり残らずひとりの人もそれを信じられないものだけでこの世界が満ちてしまえばいいってそんなこと、願いたいね、願いたい」。

　それにしても雲はなく風もなく、ただ塔はつまれてホットケーキはただなにもなさをひたすらそこをゆくばかり、わたしはホットケーキのふちをつかんで父が望んでいるとおりの足つき手つきで待機をおりまぜホットケーキを積みあげます。父は焼く、姉は投げる、わたしが積んで塔はしっかり進んでゆきます。空と呼べばしかたなくいつだって空になってしまう青みがかったそんな場所を、高いといえば低さから単位的に自由になった錯覚をしてしまうそんな場所を、ホットケーキの塔はただただのびて前進だけを繰りかえします。父は焼き、姉が投げ、わたしがそれを積みあげて、そんなことを三年ぐらい繰りかえしてふと見おろした台所は点になり、そびえた塔がまるで紐のように見えたある春のこと、いつもと変わらず放り投げ届けられたホットケーキの表面には「これで最後」とありました。くわえて今から三人そちらにゆくから待っていなさいと書いてあり、わたしはそこで一年待っておなじような春のこと、わたしの座っているホットケーキのふちを最初につかんだ手の持ち主は姉でした。わたしは気持ちの限りに感涙して姉と懐かしい目配せを送りあい、けれども日記はもう満ちてはきません、つづいて父が。

母をして到達。生まれてはじめて聞く声はわれわれのすべての床に燃えるそれ、もはや円環を夢みたりなどしないわれわれは、もうわれわれはどんな落雷をおそれたりもしないのだ、塔だといってすべての雷鳴に喉をおさえたりはしないのだ、われわれはかつて生きた人々のように永遠をうたうことなどもうしない、円環を、永遠を、夢みたりはしないのだ。円環！ つながってさえいれば満足でこの生がいっさいの無駄ではない素敵、無ではない思いやり、それがどこでも、どこであってもどこかへ接続されていることさえ祈ってみれば満足で、円環！ しかしもうわれわれは、それを望んだりはしないのだ永遠を、円環を、おわりのはじまりに起きあがらせることをわれわれはもうしないのだ、とりたてて悲しむことはない、もう誰もとりたてて、悲しんだりしなくてよい、思い出は彼らのいっとう愛した円環にそもそものはじめから関係がないわれわれは、永遠などもう夢みたりはしないのだ思い出は、悲しむことはない悲しむことは、ないもう悲しむことはない、着用、光栄、終えていくつか、始まることとの徹底放棄、悲しむことなど二度とないのだわれわれはもう二度として、円環を、永遠を、夢みたりはしないのだ、思い出は。そう言い終えると母は両手いっぱいのシロップをふりかざして頭からかぶりばかばかしいほどの飴色をしたシロップは母をすっかり包装してからわたしたちの膝をぬらしてゆきます恍惚と、する父のくるぶしを、シロップは、湿らせてゆきますわれわれの、ホットケーキは飴色をたたえてゆうと輝きそれはふちから誇りを垂れて、塔のすべてにのびてゆきます、みるみるうちに梱包されてホットケーキの完成はまもなくみえます、もうなにももう誰ももういつだってわれわれは、この日のために！　母が垂れ尽きてしまったあとに、きちんと整列した父と姉とわたしはこれまでとこれからのありとあらゆる時間のさきで鳴っている世界中のそれを足してもまだじゅうぶんでないおおきさの、拍手を贈って贈って贈りつづけたということです。

わたしの赤ちゃん

痛みは、思っていたほどじゃなかった。時間は9時間。この日のために紫陽花の植わった土から用意した寝室に早朝に入っていって、カーテンを取り払って気になっていたクッキーを食べてうとうとしていると夕方にはもう生まれていた。そう言うとみんな、ラッキーね、わたしなんて額縁を用意するところまでいったんだから、やっぱりあなたは若いからねとお祝いの言葉よりもさきに口々にそう言ってくれるので、そうなんだ、と彼女は答えてそこから火曜日をふたつ眠った。

生まれてきたのはそれまで何度もエコーで覗き見していたとおり、素晴らしいカーブをもった赤ん坊だった。わたしの子ども、と彼女は思ったけれど、いいえ、やっぱり子どもというにはあまりに小さくまるいような印象ばかりが目に沁みるので、わたしの赤ちゃん、というのがぴったりだった。わたしの赤ちゃん。見れば見るほどよくできていて、とくに頭についた歯の部分。まだこんなにも小さいというのにちゃんとした鋭さのあるその銀色はじっと見ていると吸いこまれてしまうくらいにまあたらしく、空気に触れたとたんちょっとだけ鈍くはなったけれど、それでもまだ正真正銘の生まれたての光りかたで、こんなにきれいでいたいけなものが自分のおなかの中にあったのだと思うと、よくわからないけど面映ゆくってそれでいて誇らしいような気持ちが胸の下のほうからこみあげてくるのがわかる。いつもならそうして浮かんできたものは指さきでつまんでしばらく見つめたあときりがないのでそのあたりに捨ててしまうのに、忘れないように、記念的に。そんな考えがふっとよぎって彼女はひとつひとつを大切に扱い母子手帳のビニルの部分にそっとはさんでときどき眺めた。何かがこうして生まれることじたい、それは誰の努力のせいでもおかげでもないのだけれど、彼女は彼女のそんなに大きくはない手のひらのうえでまだ目もあけていない自分の赤ん坊を見つめながら、その持ち手の部分を指さきで何度もなでた。

ほかの赤ちゃんって生まれた時点でどれぐらいまで完成しているものなのかしら。彼女は自分の赤ん坊を抱きしめるあいまにちょっと知りたいような気持ちになった。こんなに小さくてこんなに頼りないこの子がいつかじっさいにこの世界のありとあらゆるものの皮を剝くことができるようになることが今はまだうまく信じられない。ほおにむかって暖かい息を吐く。生まれたばかりなんだから当たりまえよね、と自分に言いきかせて、それからまた腕の中の赤ん坊をしげしげと見つめてみた。頭についているひらたい歯の直線はあまりにも繊細で、ぜんたいをおおう艶はあまりにも初々しかった。輪郭にやさしく指を這わすと、赤ん坊は少しだけ身をよじって声を漏らした。ぴきゅん、ぴきゅん。その声がこれまで聞いたどんな生き物の発する声や音より愛らしくて、そう感じてしまったことに彼女は心の底から驚かされた。喉の赤石がしっかり点滅するのが見える。今はまだ点滅だけれど、もう少し大きくなって電気がうまく流れるようになればちゃんとずっと光るようになる。そうしたら、そんなに苦労することもなく、肩のちからを抜いて、息を吸うようにして、この子は色んなものの皮を剝くことができるようになる。彼女はくすくすと笑いながら自分の赤ちゃんが立派な皮むき器に成長することを夢想した。何年かがたち、体のすみずみにまでしっかりとした長さをもつようになった彼女の赤ん坊は、ためらいながら彼女の腕から手足をのばして降りてゆき、おそるおそる額を近づけゆっくり皮を剝きはじめる。最初はもちろん果物。つぎに食器。それからパン一斤に、部屋のじゅうたん。テーブルを剝き、燭台を剝き、映画を剝いて、道路に落ちている水たまりを剝き、それから庭のジューンベリーの木の幹を時間をかけて丁寧に剝いてみせる。そこまでくると、どう！　というように赤ん坊はふりかえって得意そうににっこり笑い、つぎつぎに、楽しそうに、頭の歯にふれるものをそれは美しく剝いてゆく。彼女はほほえみながらそれをじっと見守っている。とりわけ彼女を喜ばせたのは崖を剥いてみせるとき。7歳になった赤ん坊のそのあまりに鮮やかな剥きっぷりに、彼女は感嘆の声を漏らして立ち尽くす。なんて素晴らしいんでしょう！　彼女はとてもうれしかった。名前はないけどしっかりと目を見ひらいて見つめるだけの価値のある傾向のようなものが、そこにはっきり見てとれたので。それから彼女と彼女のさらに成長した赤ん坊は空を飛び、海で眠り、この世界のじつに色々な場所へ赴いて、じつにさまざまなものを剥きあげる。時間がたてばいつかやってくるだろう、彼女のそんな夢想は彼女をとてもしあわせな気持ちにした。彼女は目をとじて塩の歌をうたいながら、この子だけは何があってもわたしが守らなければならないと心に決めた。

彼女は2時間ごとに赤ん坊に授乳して、抱きかかえてげっぷをださせ、それからおむつをとりかえて、汲めども尽きることのない愛情をたっぷりに注ぎながら固まったり駆けまわったりする時間を過ごした。1時、6時とうたた寝をする赤ん坊のおなかにオイルを垂らすことも忘れなかった。生きていることを告げるためだけに薄闇に小さくただ光ってみせる喉の石のいとおしさ。まだ言葉をもたない生き物がこんなふうにただ呼吸をしていることの、言い様のないほどのいとおしさ。息苦しくなるほどのそんないくつものいとおしさで充満してふくらんだ彼女の目からはときおり涙が流れでた。ずるずると、そんなふうに泣きながら、彼女は赤ん坊の頭の歯に息を吹きかけてレモンの種で毎日必ず7分は磨きをかけて、抱きしめることも忘れなかった。この子がいちばんはじめに剝く果物はいったい何になるんだろう？　それとも果物でなくてもいい？いいえ、やっぱり最初は果物よ。彼女は赤ん坊の寝顔をゆらしながらそんなことを考えた。この子のために、わたしはありとあらゆる果物をかごいっぱいに用意しよう。暖かくなれば色々なものがそろうだろう。寝室からでられるようになるのはつぎの春くらいになりそうだしちょうどいい、と思ったところで父の顔が頭に浮かんだ。そうだった、それまでは父が何もかもを運んでくれる、あちらとこちらをつないでくれる、そんな手はずになっているのだった。つぎの春まで言葉を交わすのも顔をあわすのも父だけなんだということをあらためて思いだしてしまい、舌に巻いておいたカレンダーをとりだして眺めると彼女はついてもつかなくてもおなじようなため息をついてみせた。

赤ん坊が少し大きくなると専用のベッドに寝かせることにした。ベッドは正方形をしていて鳥カゴのように細い柵がそのぐるりを囲っているもの。特殊な加工がされていて、「決定打！　ミースにはこれ！」という触れこみで赤ん坊をかかえる世の母親たちにいちばん人気のあるベッドだった。彼女はつぎの春まで赤ん坊をできることならずっと抱いて離したくなかったけれど赤ん坊をミースから守るためにそれはしょうがないことだった。それを寝室の真ん中において、赤ん坊の手のひらには赤ん坊の生まれた時刻を記録したミースよけの小麦をにぎらせ、枕には綿の煮つめたものをぬり、彼女はもじどおり寝ずの番になってかたときも離れずにその四角いベッドのまわりをくるくると動きまわって見守った。ミースというのは紺色をしていて、母親の胸を離れるころから無事に電気が流れるようになるまでの月齢の赤ん坊が好物の生き物だった。とくに喉の点滅する石が好物で、いつかの夜に食べにくるのである。この森ではこれまで5人の赤ん坊がミースたちにやられてしまい、気の毒なその母親たちは自分たちの吐く悲しみの息に首をしめられて沈んでしまって今ではみんないなくなり、どこに消えてしまったのかは誰も知らない。この森の母親たちはみんなミースを恐れていた。そのベッドに入れておけばいちおうは安心ということだったし、それに目撃者のいないミースなんてただの言い伝えなのかもしれないとふだんはみんな安心しているふりをして毎日を過ごしてはいたけれど、しかし安心というのは決して手に入らないつくりになっているもので、つまり、食べられていない状態であることは今後食べられる可能性をつねにはらむものだから、ただなにごともなく生きているそのことじたいがそれだけで安堵をいつまでたっても遠ざける。電気がきちんととおるまでその不安はずうっとつづく。しかも電気がとおらずに成長してしまう赤ん坊もまれにいる。少なくとも、電気がとおって何もかもがはっきりとするまでは機嫌よく育っている赤ん坊を眺めても、その笑顔もかわいらしい手足も歯も、ミースに食べられる可能性にさらされつづけていることに違いはないのだからそのことに耐えきれずいっそ鬱病になってしまう母親もいた。彼女はベッドと説明書とを検分してそれ相応に納得はしたけれど、しかしそれでも何かが足りないような気がしたので、ベッドの天井の部分に手製の蓋をつくってつけた。

ミースの姿をはっきりと見たものはいなかったけれど、彼らはこの森に人が住みはじめるようになった百年ほどまえから3人で行動しているみたいだった。3人？　3個？　それとも3匹？　数えかたはどれでもいいけど人間よりは獣よりの生き物であること。素早く、言葉が通じず、そして顔に毛が生えているらしいということ。43年以上もむかし、思いがけずミースと遭遇して格闘した勇敢なある母親の手のひらにかきむしった毛が大量に残されていたという話をその孫娘である同級生から彼女はきいたことがある。そしてミースは今でも駅前の踏切あたりに住んでいるといううわさだった。いまこの森で生きている人で見たことがある人は誰もいないけれど、このあたりに住んでいるものなら誰だってこれくらいのことは知っていた。彼女はベッドのまわりをくるくると歩きまわりながら、これまでとこれからの母親とおなじようにミースに心を乱されていた。そしてある日、食料を運んできた父親に思いたって言ってみた。あの、ミースをさきに殺してくれませんか。踏切のわきに毒入りの湿布を置くのでも撲殺でも八つ裂きでもかまいません。とにかく不安をとりのぞいてほしいのです。父親はつららのような眉をあげてちらっと彼女の顔を見たあと、黙って缶詰やら目薬やらを戸棚にしまいつづけた。あの、聞いてくれてます？　ミースですけど。やられるまえにやってくださいってそうお願いしてるんです。だってこんなのおかしいじゃないですか。なぜなにもしていないわれわれがこんなふうに毎晩毎晩びくびくと息を殺すようにして生きてゆかねばならないのです。こういうのって、誰かがやらなくちゃいけないのじゃないですか。このような底なしの不安をあたえつづけるミースがこの森からいなくなれば、わたしたちは安心して赤ちゃんを育てることができるんです。彼女がひと息にしゃべってしまうと父親は眉毛を尖らせて、ミースが赤ん坊を食べにくるかどうかは食べにくるそのときまでわからないのだからまだ誰も食べてもいないミースをいったい誰に殺すことができるだろう。なぜそんなこともわからないのだというように、やや冷たい声をつくって彼女の目を見ずに返事をした。なんて悠長なことを。だって、ミースには5人の赤ん坊を食べた実績があるじゃないですか。それでじゅうぶんじゃないですか。彼女は思わず声を荒げてそう言った。それに対して、あくまでそれは過去のことで、過去のことをもってして現在を裁く法はこの森のどこにも存在しないのだから、先取りした、あるいはつかみ損ねた過去の罪を理由にして誰がミースを殺せるだろう。そう言うと父親は首をふった。それにもう何年だって誰もミースに食べられちゃいないじゃないか。でも、と彼女は父親の言葉をさえぎった。数年のあいだ誰も食べられていないからといって今夜どこかの赤ん坊が食べられないとは限らない。今夜が最後の赤ちゃんの食べられたあの夜の前日の夜になるかもしれないかぎりにおいて恐ろしいことになる可能性のあるものは即刻停止してもらいたい。即刻排除してもらいたい。そう要請することはこの森で生きる人間のとうぜんの権利じゃないですか。彼女は語気を強めて抗議した。

でも現に誰もミースを殺せないだろう。森じゃミースを見たものはひとりもいないことはおまえもちゃんと知ってるはずだ。それをどうやって殺すというのだ。見えないものはつねに見えるものの優位にたち、見るものはつねに見られるものを支配するんだ。でも、それらはきっと杞憂におわるよ。きっと大丈夫さ。うそかほんとかもわからないあの時代のあのお話がもし少しでもほんとのことならば不幸がたまたま重なっただけでそれは今とは何の関係もないだろう。そもそもあのときにあったとされる狂乱も、どこかへ沈んだ母親の話だってどこまでほんとか今のわれわれにはわからないことばっかりだ。ミースがいると言っておけばそれで儲ける人たちがいる限り母親たちは赤ん坊に小麦をにぎらせ夜な夜な神経をたぎらせてあのくだらないベッドはいつまでだって売れつづける。かつてミースはいたかもしれない、けれどいまはいないかもしれない。ひょっとしたらそもそもミースはまったく関係ないかもしれない。その逆だってあるけれど、起きるかもしれない最悪の事態を考えすぎてゆたかな今を過ごし損ねることのほうが人間の不幸というものじゃないのかね。いないかもしれないミースを探しまわっているそのあいだに赤ん坊が死んでしまうことだってあるだろう。さあ自分の赤ん坊が走りまわっているところを想像してごらん。ありとあらゆるものを音もなく、鋭く、やさしく剝いてまわっているところを。草原を剝き、皿を剝き、文字を剝き、紙幣を剝き書物を剝き、おまえの望むものはなんだって剝いてくれる立派な子どもになるだろう。

父親、と彼女は吐き捨てるように言った。父親はそれを聞かなかったふりをして、まあいずれにせよ安心のためにベッドも買ったし、それでもなお、おまえの中に不安があるなら電気がとおるまではなんとかやり過ごすしかないのだよねと静かに言って彼女の寝室からでていった。

しかしもちろん彼女の赤ん坊はミースに食べられてしまうことになる。数ヶ月後の冬の終わり、黄土色の嵐が過ぎ去って、あと2週間で電気が流れるという知らせが届いたころだった。眠った記憶もないのに、気配がして、あるいは気配が去ったような気がしてはっと床から起きあがって顔をあげるとベッドに赤ん坊の姿はなかった。暗闇に正方形の白いシーツが訴状のように浮かんでいた。ばらばらに分解された赤ん坊の部品がそのうえに、そして柵をこえた床にぱらぱらと散らばっているのが見えた。彼女の毛は逆立ち、眼球は飛びだし、感情になるまえの衝撃が胸を突き破るまもなく世界のすきまを瞬時に埋めて彼女はそのまま気を失った。春がきて意識がもどっても赤ん坊はいなかった。乳を飲み、あくびをし、これからのことを笑顔で話す彼女にむかって頭の歯を輝かせてみせた赤ん坊の姿はどこにもなかった。いつもそこですやすやと眠っていたあのやわらかな赤ん坊の姿はどこにもなかった。もう一度倒れてしまいそうな体を支えて彼女は震える指さきで赤ん坊の部品を拾いあつめて泣きながらそれを組みたてた。ねじのひとつ、ばねのひとつ、塗装のひとかけらをも見逃さずに、息を殺して彼女は赤ん坊を拾いつづけ、くちびるのはしからねっとりとした泡を垂らしながら2年をかけてあわせていった。完全に、完璧に、名指しすることの叶わないちからがかつて彼女のおなかの中で彼女の赤ん坊を組みたてていったようにもしも彼女がいまここでそれを再現することができたなら、もう一度、彼女の赤ん坊がここへ帰ってくるかもしれないと、自分と自分の赤ん坊の身に起きたことを百パーセント理解しながら、それでもそこからいちばん遠い場所で、彼女は赤ん坊のかけらを組みたてつづけた。けれども最後の部品が何年たっても見つからない。喉の石だけがいつまでたっても見つからない。彼女は赤ん坊を赤ん坊たらしめるたったひとつの部品を欠いて、けれどもそれでもまぎれもないたったひとつの赤ん坊のからだを抱きしめてありとあらゆる時間と場所へ、ただ赤ん坊に会うために赤ん坊を探しつづけた。においだけを手がかりに過去と未来とうそと真実に横たわるそのあいだの無数の点でときどき眠り、目を覚ましては自分を責め、それは35年にもおよぶ旅になった。存在するすべての果物に沈みながら一斤のパンを崩して進み燭台を昇り、じゅうたんをかきわけテーブルを乗り越え水たまりを泳ぎきり、そこがまだ剝かれていないことを確かめる。彼女の赤ん坊がいつかそこにくる余地のまだあることを気の遠くなるような時間をかけて確かめる。彼女はふたたび映画を燃やし、何度でも木の幹を滑り落ち、足をすすめ、這ってゆく。また最初から何度でも、くりかえし果物を砕きパンをくぐってじゅうたんをつかみ、燭台を噛みしめテーブルを叩き水たまりを飲みほして、彼女と彼女の赤ん坊をつなぐものを、ふたりで過ごしたあまりに短いときの粒を、祈るようにかきあつめながら彼女はゆく、映画を濡らし、木の幹を粉にして、そうして死ぬまぎわにたどりついた崖のうえ、彼女の胸の、どこもかもがさびてしまって彼女とおなじように朽ちてしまった赤ん坊のからだを抱きしめ彼女が最後につぶやいたのはこう。会いたい、わたしはまだ、あなたと話したことがない。

水瓶

失われた郵便の、だれにも考えられていなかった夏のこと、少女が16度目のその空をみつめればみつめるだけ、それは本当のことになりはするけれど少し奇妙に比べているの、それは鎖骨と鎖骨のくぼみの庭に、いつからか埋まるようにして浮かんでいる水瓶を逃がしてやらねばならないある朝だった、青く向こうがみえる透明の、その水瓶がどこからのだれからの贈りものか厄介ものかはわからない、少女の全方位の成長といっしょになってそれがおおきくゆれるたび、肌理が、世界が、熱がゆれ、あふれてしまうことがこわかった、保護区、運良く、少女は午前11時きっかりに家を出て、バスを選んでバスにのって、水瓶を置き去りにするために、6年ぶりに渋谷へでかける。

暑い一日になりそうだ、あてもないのに白色化してゆく問題点、さっきはまだひんやりとしていた玄関で、靴からはみだすかかとをそのまままくるりと切りとってワンピースの右のポッケにしまってやった、白い飾りの帽子をまぶかにかぶり、親指のつけねに祈りをこめて、それから手のひらをそっと鎖骨にかざしてみれば、水瓶がいつもゆれているのがわかってしまう、やっとそのとき、ごめんねこのとき、今日はあなたを捨てるとき、苺のうたを口ずさみ、全体としての白痴の膜を、少女の決心は切ってゆく。

どれだけ律義に歩いても、なつかしいということがわからない、かなしい色なら少しはわかる、家から遠ざかるごとに、扉が後ろへちぢむたびに一歩踏みこむ夢のことを少女は絶望的に知ってはいるけど、すれ違う人はすれ違うたびにみんなおおきく膨らんで、そのたくさんの目に映ってしまう少女は心細くてしょうがない、だれもが鎖骨のあたりをじっとみるので、言い訳が湿度を気にしてしまう、両手で水瓶のありかを包むようにそっと隠して少女は足をはやめてまわす、みつかると思えば悪い気分、まるい上下、転がる左右、頭蓋骨たちの波打つ脈を抜けてゆく、

「苦痛をつづけ、放棄をつづけ、小さな部屋にも誤解はされるし、それにしたってわたしたち、哀れである人々の治療を望んだりはしないだけ！」

かつてみたような女たちの合唱が、いつか来たような道々を熱になって這ってきて、少女の背中をぐんと押す、ああこれは、聞き覚えのある足のふみしめ、つみかさなってゆく音をめがけて、さらにひどくなるみたい、6年前なら避けるようにしてうつむくだけの少女はこの夏、やっとの思いでかたほうの靴を小さく小さく投げてみた、その軌跡をなでるように追いかける声にならない藍の吐息は、

「みんな不安を纏っているけど、誰もが痛みに満足してる」

ゆううつ×ゆううつの所在がどこかわからない、こんなにおおきな水瓶を抱えて人々はいったいどうしているというのだろう、16の夏が合図だと少女はだれに教わるでもなくそう思いこんでいたけれど、このままいまのわたしみたいに水瓶を抱えたままで生きてく人っているのかしら、一歩足をくりだすごとに少女の不安は波になる、太陽はいつまでたっても盗まれず、汗は垂れ、うんと垂れ、それすらもこの鎖骨の庭の水瓶が一滴のこらず吸いこむように思えてしまう、舐めるように気温の数字が溶けだして、それだって水瓶がまちうける、今日という日に時間があるのかないのかも少女にはもうよくわからない、きのうの食事、水曜日の困難が、ひとりごとをつれてくる、

「水瓶を捨てにきたの、わたしの鎖骨の水瓶を」

「フォークは悪魔がつかうもの」

どこからか小さく細い声がして、少女は親密に呼びかけめくものの全般がひっそりしていてきらいじゃない、渋谷にはまだやってきたばかりだというのに

引きのばされた記憶と記録の編み目のなかで、行くあてのない少女は肌色をむきだしにした片足で夏が夏にあるという非常な事実に立っていた、もしもわたしが氷なら、もしもわたしが視線なら、もしもわたしが挨拶ならば、いずれにせよ、そこには歓迎があると思うのです、秒が降り、汗をかいたぶん、水瓶はさっきよりも少しだけ重さをまして、そこからさらなるひとりごとがこぼれだす、フォークは悪魔がつかうもの、もう一度、少女の右側から声がしたのでふりむくと、そこにはうわさの睡眠植物、少女は白光りするその顔をじっとみつめて、悪魔って、フォークっていったいなんのこと？　すると睡眠植物は少女のおもいがけない質問に頬をまだらにあかくそめ、その両方をじつはそんなによく知らないのだと、肩をひじまで落としてみせた、

「とても恥ずかしいのです、とくに夏の2時などは」

いいのよ、7月の跡もそれらの一部、よく知りもしないこと、だれでも口にするくらいのことなんていくらだってあるものよ、それよりここはどうしてこんなに暑いの、夏だという理由だけでこんなに白く、場所のすべてが発熱する

ことが可能なの？　睡眠植物はしばらくしてから首をふり、「契約がうまくいってないのです、金星と多大な芸術旋風、うっかり登録を忘れたために、風の到着が遅れています」

少女と睡眠植物が夏の日付で話をしているそのわきを、何千個という頭蓋骨がふたたびデモの発揮をみせる、ひるがえる舞える女たち男、長方形のさんかくの、色とりどりのはためく何万という旗という旗のすべてに、「告白するのは魅力的」「完璧な星粉、星粉、星粉……働いたったら働いた！」「乳母の高ピュア、アイスクリームの3番目、電報・投稿・陸軍、さよなら！」「生まれ生まれてそして退場、それはあなたの荷物なの？」「実行されれば文句はない！」「ラブリー声、ラブリー指、ラブリーくるぶし、停止ラジオを信じてみましょう」「ある応答者は最高ね！」「活気のない市場に咲く記事の数は問題ではない」「弱者の散水！」「有名な出来事として、この5つは挙げられまい……」

読める文字と読めない文字、それから、たつまく文字がうごめいて、怒号と称賛、少女たちは目を伏せる、歓喜と圧倒の騒ぎの渦のなか、睡眠植物は少女の耳に口を近づけて、

「なんだっていまどきこんなところにいるんです、おとなしく家にいればよいものを」

――水瓶を捨てにきたの、水瓶を

――水瓶を捨てにって、なんでまた、そのまま放置しておけば、いずれ消滅するのは常識でしょうに

――こうみえて、わたしはもう16になったのです、でも水瓶はほかの人のように消えてくれる気配もない、それどころかどんどん固く、どんどん強く、ぐんぐん青く大きく育って、その澄み加減には涙がとまらなくなるほどです、このままだとわたし自身が水瓶になってしまう気がしたの、近ごろは重くて息もできない、鎖骨がかたまって、せっかくみえることが持続しているこの両目の硝

子も水瓶のせいでままならない、どこかいい場所はないかしら、水瓶を置き去りにするためのよい場所が

――睡眠植物たる僕にはよくわからないことが多いけれど、水瓶はふつう、あれかしに、なんとかしてもらうものではなかったですか、あなたにはあれかしがないのですか

――あれかしのことはよく知らない、家にも部屋にも鎖骨にも、あれかしがあったことなんて、これまでただの一度もないのだもの

――なんてこと、あなたの家でほかに息をしているものはいないのですか

――姉さんと母がいたけれど、いまはわたしひとりです

――それは気の毒なことを言わせてしまった、様をつけて謝罪しましょう、ときにあなたの水瓶は、いまどんなになっているのでしょう？

　睡眠植物は立派な葉のついた2本の茎をするするのばし、少女の左右の鎖骨をそっとつかんでみせると斜めうえへ折りあげるようにしてゆっくりそれをひ

らいてみせた、その動きに少女の舌からは息が漏れ、いまはまだ覗くだけ、取りだすのはいずれにしても少しあと、水瓶のまるい口が切りとる表面はいまにもあふれそうな青いさざなみ、目を凝らしてみつめる底には時間と街と言葉と記憶が森になってぐつぐつ燃えて、いまも膨らみつづけているところ、その森のすべての部品、すべての思惑、すべての鎮圧、すべての待機、すべての書面、すべての漠然、すべての雷、すべての昼寝すべての皇帝、すべての芝生、すべての子音、すべての理屈、すべての予測、すべての政府、すべての夕暮れ、すべての黄色、すべての合意、すべての追跡、すべての祝い、すべての役割、すべての5月、すべての応接、すべての特色、すべての無力すべてのパン、すべての初演すべての動詞、すべてのりぼん、すべての開始、すべてのスクリーン、すべての集会、すべてのレタス、すべての義務、すべてのコールすべての永遠、すべての頭痛薬、すべてのはさみ、すべての娘、すべての繊細、すべての反映、すべての洞窟すべての兆候、すべての展示、すべての2時間、すべての困難すべてのムード、すべての複雑、すべての起点、すべての失速、すべての帯、すべてのクリーム、すべての犬、すべての深緑、そう深緑！　すべての出身、すべての紹介、すべての木漏れ日、すべての嘘、すべての転落すべての団欒、すべての想起、すべての名づけすべてのふぐやん、すべての完売すべての触発、すべての会議、すべての最高、すべてのドレッシング&クレンジング、すべての因数、すべての木材すべての芽、すべての単独、すべての海岸、すべての打席、すべての予約、すべての運命、すべてのあこがれ、すべてのカーヴ、すべての毛糸、すべてのタルト、すべての通常、すべてのお皿、すべての煮込み、すべてのインク、すべてのT、すべての枕木すべてのドア、ああドア！　すべての襟巻き、すべての注目、すべての手段すべての氏名、すべての復帰、すべての羊皮紙、すべての旅費、すべての直面、すべての銅すべての浮き沈み、すべての気まぐれすべてのケーキ買ってきてすべてのこれじゃないのにすべてのなんでわかってくれないの、すべての無駄すべてのがっかりすべてのもう帰ってこないでね、すべてのそもそも最初からわかってたけどなんとかやれる気でいたの、すべての梱包、すべての特別、すべての予習すべての部屋、すべての貸し借り、すべての解決すべてのニット、すべての手帳、すべての完了、すべての乾燥すべての衝撃、すべてのそっくりすべてのリップ、すべての指さきすべてのメニュー、すべての気晴らし、すべての采配、すべての羞恥、すべてのホチキス、すべての遊戯すべての気取り、すべてのイヤーすべての無関係、すべての初戦すべてのまるさすべての除外すべての監督、すべての深度、すべての求愛、すべての地下室、すべての代表者連れてこい、すべてのばら、すべての以上、すべての無礼、すべての冷房、すべての求婚、すべての親密、すべての横、すべての延期、すべての刺さり、すべてのターン、ああターン！　すべての一致すべての年末すべてのすずらんすべての言い回しすべての思いやりすべてのダンス、すべての僕は何者かであらねばならずしかし何者にもなれないのはなぜ、すべての逆恨みすべてのふさがりすべての誰かすごいって言ってすべての退出すべての元気、すべての夜巻すべての艶、すべてのハンドル、すべての後悔、すべての錠剤すべての低気圧で頭がいたいすべての月曜日すべての信じられないすべてのいまから誰が電車、すべての靴をはいて、すべての賀状、すべての攻撃、すべての禁止すべての不可欠、すべての洗濯、すべての無視すべての駆使すべての不審、すべての愛、やはり愛！　すべての電報すべての投稿すべての車掌すべての署名、ああすべての署名……！　すべての現れ、すべての嫉妬すべての老朽、すべての母すべての段階すべてのみずうみ、すべての冴え、すべての出来事すべての不祝儀すべての文法すべての作業、すべての保存、そう、保存……すべての場合、すべての入力、すべての正確、すべての最下位、すべてのラッキー・アンラッキー、すべての我々、すべてのあなたがた、すべての♪、すべての崇拝、すべての水玉、すべての配置すべてのコスモス、すべての時刻すべてのまちがい、すべてのおうどん、すべての絨毯、すべての締め切り、すべての油断、すべてのメールすべての交換、すべての象徴、すべての嫌悪、すべてのクリックすべての安堵すべての歯すべての雲すべてのペン、すべての丘すべての桃、すべてのつるつると滑りやすい心、すべてのお願い、すべての退出すべての保護者、すべての誘惑、すべての啓蒙すべてのマフィン、すべての爪切りすべての過敏、すべての三振すべての指紋、すべての登場、すべての一派すべてのはがき、すべての地図すべての分割すべての直感すべての恋人すべての勝利、すべての負傷すべての区切り、すべての保湿すべての解散すべての距離すべての年齢すべての賛成すべての到着すべての解明すべての彼女すべての告白すべての満たしすべての寄付すべてのつぶやきすべての象すべての乗りこみすべての治療すべての威信すべてのお粥すべてのピュアすべての肋骨すべてのバターあるいはジャム、すべての異教すべての蜂蜜すべての調整すべての光沢すべての発作すべての陰謀すべての維持すべての検索すべての決裂すべての獅子座すべてのうがいすべての救いすべての上質すべての素敵すべての手伝いすべての扉すべての復帰すべての教育すべてのドアホンすべての蠟燭すべての背表紙すべての結婚すべてのガラスすべての有意義すべての放送すべての賛辞すべてのうたがいすべての脅しすべての殴りすべてのごめんごめんなさいすべての殴りすべてのもういやすべてのごめんすべての悪かったすべてのごめんもうしませんすべての背中すべてのありがとうすべてのしんみりすべての青あざすべてのききわけすべての反省すべての別れああ別れ、すべての振りかえりすべての不眠すべての駆けだしすべての不在すべての苦しみすべての出直しすべての妄想すべての追いかけすべてのたられればすべてのぐずぐずすべての枕すべての湿り気すべての連打すべてのループすべての不甲斐なさすべての停滞すべてのチェックすべての寝返りすべてのうろつきすべての弁明そう弁明すべてのやり直しすべての過ぎ去りすべての思い出すべての感傷すべてのひとりすべてのひとりすべての愛しているすべてのひとりすべての愛しているすべての夜すべてのひとつすべての夜すべてのひとり、すべてのひとりすべてのひとりすべてのひとりひとりきりすべてのひとり……これらすべてのすべてのこれらに少女の刻印がみてとれて、これならもちろん重いはず、これだけのものを抱えていれば水瓶をまるごと捨てたくもなるでしょう、しかしだいたいの少女なら16になるまでに何度かすっかり空にする機会だってあったはず、ああそうでしたね、あなたはあれかしをおもちじゃなかった、縁がなかった、だからこんなになるまで、このままだった。

水瓶を置き去りにするまでわたしは家に帰れません、だからバスに乗ってここまできたの、最終の時間まではあといくつ、ねえ睡眠植物さん、協力がほしいとわたしが言えばあなたは応えてくれるだろうか、いっしょに場所を探すための明るい表情がほしいのです、その緑、その曲線、渇いていると濡れているの両方がいっぺんにそこにあるように思えてしまう睡眠植物の手をとって少女は低く訴える、そうですね、あれかしを探すという手がひとつあるけどそれがどれくらい有効なのかはわかりません、あれかしってにおいみたい？　いいえ、ちゃんと手に触れることができるもの、あれかしって売ってるの？　いいえ、本来ならば所与のもの、色はさまざまかたちは楕円、あれかしって艶だし機？　いいえ、あふれて洪水をおこしそうになる水瓶の底をめがけて一粒ほうりこんでやればよいのです、すると水瓶のなかのすべてはそっくりきれいに去って、水瓶は熱しすぎたパイの皮みたく風にのって空に散り、鎖骨と鎖骨のあいだの庭はいよいよ晴れて水瓶の重さどころか5分もすればそこにあったことさえ忘れてしまう、気をつけるのは目に入らないようにするだけです。

それをひとつの約束みたいに塗装してまぶたをひらいてみせるとき、過去が完了してるとみせるとき、やっぱり奇妙に比べているの、少女は誰かに叱られるところからうんと遠くに生きていて、歌の左がある気がしたの、そこらにころがる偉大な言葉、睡眠植物はうんと西を指さして、森の郵便局がこころにあたる、あたります、少女の懇願、最初の従事、可能性はそれぞれの扉でかんがえる。

森へゆくにはどうすればよいの、どれだけ歩いても下りたい丘というものがない渋谷というのに森などいったいあるというの、どこへ、どこに、午後に？　齟齬に？　それは夢を下すのに似ているけれど、事業部、分析、誤解であること、ときどき凍る交差点、即座に飛んで振りかざす、その裂け目にあらわれる黄色の本屋がめじるしです、肝心の、眠りだけがやってこない真夜中にだけ読む本が、種の生えたしずかな棚にささっています、目があえば話しかけてくるでしょうからきっとすぐにわかります、あたらしい草木のにおいにまぎれて風が7度に傾いでいるから、そこから入ればよいのです、うす緑がかった集中の、感激を整え、われわれは肩から森へゆくとしましょう、白い影に肩のカーブをりんとぬらして、頭蓋骨たちの終わらぬデモを横目にさえぎり、おなじみだった呑気なしましまを一歩二歩とまたいでみせて、少女と睡眠植物は足を前にだす、だす、だしているその運動をみてるうち水瓶のゆれが騒ぎだす、

「耳も口も無意味に耐えない？　目だけが無意味に耐えられる？　愛とうつくしい部屋がそこにたしかにあったのに！」

黄色の本屋の店主の指は毛に包まれて、毛と無垢とじゃらが連弾として茂ってる、爪というものの輪郭はみえず匂わず、森へゆこうとする客はじつに6年ぶりのこと、話すことがないならまだしも話す内容がないものだから挨拶のかわりにまばたきを、まるで幕が降りるようなまばたきを、それにたいして少女はおじぎを、それにくわえて睡眠植物は眠れぬ本を手にとって、みてください、

これが入り口、話しかけられるまえに光っていました、この柔らかさなら入れそうです、裂け目のむこうにはせまく縦にひろがる土地、波うつとき、見覚えのあるチューリップ、かつてはいっせいに花部を地面に垂れてそれはかなしい思いをしたものだった、けれどもそれを正すような直線的な足あとは、今日はどこにもみあたらない。

歌唱、ふたたび（記念切手記念的に）

「苺はバラ科、バラ科の草本、あるいは少なく、とっても低い木、苺はオランダと蛇と木と夏の子どものたったひとつの大きな名前」

グッドタイムズ悪いタイムズ、要するにとても静かな道のりは煙のように燃える緑、それらを総じて森と呼ぼう、ねえ本屋の毛のあの店主にあれかしのことは尋ねないでよかったのかしら、少女は睡眠植物のすそを指でにぎってついて歩く、店主はあくまで本屋の店主、あれかしのことなら郵便局へ急ぐとしま

しょう、
——胸のゆりかご、根っこのほまれ、要相談
だれもいないと思ったけれどやっぱりどこかで声がする、ふりかえってみつめれば、
——たぶんあなたとは7回目、7回目こそがあなたの魅力
どこからか聴こえてくる女の声が述べりをすぎて曲線の持続をひかってみせる、歌として、歌をして、ゆたかなまるみとゆたかな髪がゆたかな胸のうえを垂れ、女がにっこり笑ってみせる、その余韻とげんざいが川みたいに流れているいま、そういまも、こぼれつづけているよう、髪の流れに魚が跳ねて、ゆたかな腰ゆたかな膨らみ、ゆたかな肌色、ゆたかなまぶた、ゆたかな胸の、ゆたかな存在、髪はかがやき打ってみせ、しだいにゆたかが分解される、ふくらはぎは黄金で、髪とつまびく指さきのふれあうところから九色の金平糖が降ってくるのを少女はみていた、それが地面におちたとたん女にそっくりのやっぱりゆたかな娘が生えてくる、ゆたかなまつげとゆたかな頬をふくらまして女のあ

しもとからどんどん生えてくる娘たち、目を細めて娘たちをみつめれば鎖骨のあたりにまだ軟骨のような水瓶が、けれどしっかり光っているのがみえてしまう、ゆたかさはゆたかさを粉砕し、おそれを知らずあとからあとから生えつづけてくる娘たち、どこへゆくの、どこからきたの、こんにちは、娘たちの生まれたての声がする、こんにちは、少女も挨拶、水瓶を置き去りにするためにバスにのってやってきたの、へえあなた変わってるのね、変わってるのね、変わってる……生まれたての小指の爪よりもまだ小さい、薄桃色した無数の貝をやさしくこすりあわせるような娘たちの合唱はしだいに絹ずれのささやきと区別がつかない波の指紋になって少女の耳の奥の産毛をなでる、ひとつの裸足を投げだすようにうっとりしながら少女は6年ぶりに記録に近くなってゆく。

「死ぬことにはふたつのこわさがあるものです、消えてしまうことへのこわさ、残ってしまうことへのこわさ、どちらかをこわがる人々がそのこわさを競いあうせいで、そのどちらもこわがってはいない人たちがこれまでたくさん死んできた、おまえはどっち、どっちがこわい？」

思いだすのは姉の横顔、そして夕暮れをくだいた母の問。

森の最終のつきあたり、みあげるほどに大きな郵便局の扉をさっと押してそこをまっすぐ進んでゆけば、奥の奥の奥さっきの店主にそっくりの指も首も毛むくじゃらが座っていて、少女も睡眠植物もここがどこなのかゆれてしまう、目の前のこれは板チョコレートの机だわと思ってみればそれも端からとけだして、とたんに甘さが満ちるのだった、高い天井、うねるように塔とした数えきれない伝票たち、壁のようにつまれた小包と、吹雪のような手紙たち、毛むくじゃらの手のひらはそのまま判子になっていて前から左へ、左から後ろへ手紙たちのしるしをつける、生きてるみたいにそこらじゅうを飛んでいる手紙という手紙たちが毛むくじゃらの手のひらと机のすきまに順序良く規則正しくすべりこむ、並んで待って真っ赤なしるしをつけられた手紙はひるがえりながら白い体で満足気、つぎの行き先が織りこまれている箱をめがけて一列になって宙をゆく、びったんべたんの反響が、鼻孔にとどまる甘い匂いが少女にも睡眠植物にも気分よく、気づくと睡眠植物の顔が封筒化していて毛むくじゃらの手のひらの下へ吸い込まれそうになっている、気をつけて睡眠植物さん、封筒化をほどいてちょうだい、ちゃんともとどおりの顔に膨らんで、少女が息をふきかけると睡眠植物はあっと膨らみ頬をまだらにあかくして、それからに三度首をふり、少女は気をとりなおして机に向かって深い午後の挨拶を投げかける。

――さっきあなたにとても似た本屋の店主に会いました、そうあの黄色い本屋の店主です、言葉は交わさなかったけどとても親切にしていただいてわたしたちの今日の用事というのは、あれかしをひと粒か、水瓶を置き去りにするための協力をどうかいただきたいものなのですけど、それはお願いできますか

――Ｍｅに似ただれ？

――本屋の店主があなたとまるでそっくりでした

――似ているっていうことは、べつのものだと言っているのとおなじこと

──毛のうずまきかたがそっくりで

──いずれにしても毛はよろしい、頼みがある者の顔をしていないのが気になるところ、表紙のとれたノートみたいな顔してあなた、何事かがうまくいくとは思えない

──ではいったいどんな顔してお願いすればいいというの

──すきになってもらうための顔ってものがあるでしょう、なにもかもが幸せで、うれしくってしかたないって顔をすればいい

──すきと願いは関係あるの

──もちろんあるさ、しかしいずれにせよ&せっかくですけれどおふたかた、あれかしの取り扱いはやめたのです

──どうしてですか、わたしのように水瓶に困っている人はいないのですか

──あれかしはひと水瓶にひと粒なのに、それで充分だったのに、水瓶が消え去ったそのあとも放り投げつづける少女がどういうわけかわんさかいるのです、その果てにどうなるかといいますと、『偉大なくらい甘くって、救いようのな

いほどすてき』に代表される心象が少女たちの肋骨になってしまう……つまり放りこみすぎて少女じたいが去ってしまう、ってことになっちゃって、あんまりいいことないですね

――間違った処方というわけなのね

――処方じゃなくて、使いかた

――少女が去るといったい誰が困るのかしら、去れば最後、困る少女じたいがいないというのに

――だれというより、世界に困る部分があるのです、少女は少女だけに許された所有というわけではないのですから

――そういえば、さっきここにくる途中、少女たちがあとからあとから生えてくるのをみましたけれど、個別ではなく少女の総数が世界にとっての問題なのだというのなら、あんなに生まれてくること自体がそれを満たすのじゃないですか

――いや、あれは少女でなくて娘でしょう、少女と娘は似ているゆえに、もち

ろんそれは違うものです

どれくらいそうしていただろう、少女と睡眠植物はそのひろがりつづける天井にかろうじて浮かんでいる途切れた会話のはしっこをみつめたままそこで動かなかった、ふたりをよそに意気揚々と飛びまわってるのはどこかへ届けられることに嬉々としている手紙たちだけで、毛むくじゃらの手のひらが承知を圧してぴたんと押す、その音はなにかの首を落とすよう、決断の首を落とすよう、思いとそれが出ようとする、たったひとつのつなぎめを切り落とそうとする九時のよう、それをみていると少女の喉はだんだん苦しくなって、しめつけられて、鎖骨のあいだに思わず手のひらをあてがえば、そこがどんどん膨らんで、笑うように謝るようにまるみが迫り出してくる最中だった、いよいよ、とうとう水瓶が、わたしの思惑に気がついたのじゃないかしら、少女は途端に不安になってしまう、ひとつ息を吸うたびに、ひとつ息を出すたびに、水瓶はぐんと膨らんで少女の喉と鎖骨を押しあげる、気道に迫り、顎の骨に届き、水瓶は肺に下がってどんどん大きく育つようだ、ああこんなことは初めてだ、いつもゆれてはいたけれどこんなにはっきりこんなに確かにこんなに重く膨らむなんて初めてだ、少女はまだ完全とはいえない手のひらで、皮膚のした、水瓶の曲線を隠すようにたしかめるように覆ってみせる、熱はある、熱はない、動かない、動きそう、ゆれていない、柔らかい、それではない、永遠と思わず漏れてしまいそう、水瓶はこれからどうなってしまうのだろう、置き去りにすることもできないうちにこのままどんどん膨らめば水瓶はどうなってしまうだろう、わたしはどうなってしまうだろう、なぜ水瓶などあるのだろう、どうしてわたしは水瓶をこのままずっと鎖骨のあいだに置いておくことができないのだろう、どうしてわたしは水瓶を置き去りにしなければならないのだろう、どうして何もひとつも知らない顔をしたままで、水瓶をこのまま抱えておくことができないのだろう、水瓶をないものにするためのあれかしを手に入れることも叶わなかった、あれかしをひとつみっつたくさん飲んで、これまでそうしてきたどこかの少女たちのひとりのように水瓶ごとここから消えることも叶わなかった、なおも膨らむ鎖骨の水瓶　なおも飛び交う手紙たち、鎖骨から剝がすように少女が手をのばして空を泳げばふたつの手紙が文字をひらいてやってくる。

お父さんを殺す夢をみたのです、それはわたしだってよく知っている病気に苦しむお父さん、汚れた畳と汚れた布団のうえに仰向けになって赤い顔をしてお父さんは覚悟がどうとか言うのです、わたしはその病気をましにするための薬を2錠もっていて、それを口の中に入れてやることもできたけれど、去りかけの薄暮の最後の光が生ぬるくわたしの膝を濡らしたときに厚みのある布で鼻と口を気づかれないようにふさいでそこに両手をおいて、体重をかけて押したのです、しばらくそうして押えつけても、ずっとそうして押えつけても、死ぬのかどうかわからない、どうしてわたしはお父さんを殺そうとしているのかわからない、大変なことだとわかっているのに、どうしても、どうしたっても押えつける手をゆるめないのかわからない、いいえ、なぜ殺したいのかはわかってる、ただいなくなってほしいだけ、直接さわるのはこわいから、直接にさわるのはこわいから、わたしは厚みのある布で、お父さんと世界とのつなぎめをわたしの体重のぜんぶをかけてぴったり塞いで、お父さんを殺そうとして先生、お父さんにばれるのです、おまえはわたしを殺そうとしているな、とお父さんが言うのです、わたしは卑屈な笑いをつくって、いいえこれは薬を飲むまえのおまじないのようなもの、さあおまじないは終わりました、いまから薬を飲みましょうとお父さんに言うのです、うす闇の、薄暮の、わたしたち以外には何もないただ青く沈んでゆく何かがじっと監視しているなかで。

「お願いします、我々のだれもがいつか必ず、そうしますように」

「奇跡は奇跡のことだけを考えればよいのです」

本を試す、つめを試す、それから水曜日をうんと試して、まぶたのうえのくせ毛も試す。ペンを試して、鏡を試す。約束を試して、全音符をしつこく試して、牛乳の薄い膜まで何度も試す。帯を試して、帽子を試す。取っ手を試す、襟足とアキレス腱と誤字脱字と十二歳の夏を試して、書き置きを試してドアを試す。腰を試して抱きしめを試して唇からでてくる言葉を試す、すごく試す、写真を試して嘘を試して、それからまた抱きしめを試してふたりきりで泣くのを試す、死んでしまった悦びを試して虹を試して銀行を試して薄暮を試してハンガー、まくりあげたそで、シーツの冷たくなった場所を試して遡ることを試してみる、わたしの知らないあなたのこれまでの時間の縫いかたのぜんぶを試す、匂いを試す、やさしかった昼寝を試してゆるしを試して笑顔を試す、それからまた抱きしめを試して接吻を試す、ああ接吻を試す。五年のあいだ試しつづけていちばん最後に別れを試す。

文字の最後にみつけた署名、やさしい筆跡、姉の名前、少女の目からは涙がこぼれる、お父さんというのはなんだろう、お父さんというのはどこだろう、気がつけばいなくなってしまったわたしのたったひとりの姉の文字、姉の名前、姉の文字、姉の記憶、姉の文字、お父さんというのは何ですか、水瓶に関係あるものですか、思いだせない、思いだせる、膨らんでいる、思いだす、思いだせない、最後の姉の最後の姿は少女にむかってほほえんで、ふたつのてのひらを鎖骨のうえにかさねて置いて、白い皮膚のそのしたで膨らんでいたものはあれはやはり水瓶だった、殻をやぶる鳥のように、裏返りながら熱をめざすガラスのように、水瓶は姉の喉を裂き、柔らかい姉の肉を食い破り、それを見つめる少女の唇のすきまをめがけてやってきた、あっと思えば水瓶は少女の鎖骨に落ち着いて、いまもそうしてあるところ。

思い出に動けなくなった少女のそばで睡眠植物の睡眠への到着がやってくる、足と手のさきから失われてゆく水分が緑の濃さを変色させて、毛むくじゃらの腕も重く鈍くなる時間帯、手紙たちの呼吸も遅れ、どこからか時計の音が低くうなるのが響いてる、あれは四時、暮れの四時、四時を知らせる針の音、ふりこの鐘の四時をうつ音、少女は自分の手をじっとみつめて深呼吸を何度も何度も繰りかえす、毛むくじゃらは手のひらを手紙の白さに押しつけながらぐったりしなだれる睡眠植物と少女にちらと目をやり、あなたたちまだ帰らないの、ここはもうすぐ閉まってしまうよ、あれかしがないのはさっき言ったとおりだしここはそもそも郵便局です、何か送りたいものがあれば別だけど用がないなら出ていってくれると助かるよ、あなたはまだ大丈夫そうにみえるけど、そっちの緑の少年はどうしましたか、とてもぐったりしてみえますよ、そのまま動かなくなったってそれはMeのせいじゃないからね、あわてて少女が睡眠植物へふりむくと腕も首筋もとても渇いて、少女は首をふりながら肩を抱いて頭にそっと手をやって湿った息を吹きかける、けれども睡眠植物はただちから なく笑ってみせるだけで、何にも言おうとしないのだった、どうしたの、どうするの、どうしたいのですかあなたがた、ご存知のとおり、あるいはご存知ないとおり、世界のある部分は四時になると閉じるのですよ、気がつけば手紙たちは整列しながらの飛行をやめて、郵便局は静まりかえって、大きなチョコの机に肘をついて毛むくじゃらは少女たちに告知する、それから数秒のしばらくあとに少女はわかりましたと返事をして数歩進んで机のまえに立ち、郵便の手続きがしたいと願いでる、水瓶を送りたいのですけれど、あれかしもなくこんなに大きくなってしまっては鎖骨の庭から水瓶だけをそのままきれいにとり出すことなど無理でしょうから、このまま砕けてしまいましょう、そうして粉々になったわたしのかけらを発送してはくれませんか、毛むくじゃらはどうしてそんなどうしたって意味のないように思えてしまう提案をこの少女がするのか理解できないでいたけれど、しかしそれだって自分の知ったことではないのだから、いいけれど、時間がないことだけをふたたび告げて、それでどうやってかけらになってしまうんです？　発送するってどこなんです？　少女はさっき目のまえにやってきたふたつの手紙の封に書かれた住所を毛むくじゃらに差しだして、ここへ送ってほしいのです、どうかいちばん大きくいちばん色の、きれいにみえるわたしのかけらをこの宛先へ送ってほしいのです、ほかのかけらはどこに送ってもらってもそれはどこでもかまいません、捨ててもらってもかまいません、誰がそこで受け取るの？　わかりません、誰がいるのか誰がいないのか、そもそもそれがどこなのか、わたしにはまったくわかりませんけど、いちばん大きくいちばんきれいな色してみえるかけらをひとつみつけてそこに送ってくださいい、少女はそう言うと隣で横たわっている睡眠植物のやわらかな頭にふたたび手をおいて、それからやってきた白紙を左手にとってペンをとり渋谷の駅前の住所を書いた、彼は速達でそこへ送ってやってください、彼は勝手に連れてきたの、わたしが勝手に連れてきたの、彼は何にも関係ないの、まだ小さな少年なのに、彼を彼のもといた場所へ、彼が黙っていた場所へ、彼が枯れてしまうまえに最終の最速の郵便でどうか無事に送り届けて、毛むくじゃらは少女の目をじっとみて、それから睡眠植物のわきに手を入れて両手でかたちを整えるとそれは大きな封になり、そこに手のひらを押しつけて仕分けの箱へ投げ入れた、少女はそれを見届けると鎖骨のあいだに両手の指さきをそっとあて、深く息を吸って吐くとするとそれはゆっくり沈むのだった、音もなく、時間もないような輪郭で指はなめらかに沈みはじめ、それから手首のちからのすべてを抜いて指をさらに沈めていった、鎖骨のすきまの水瓶に到着するまで指さきが辿った夢の層には4月、遊民、一角獣、淡さ、3歳、雲のおしまい、高鳴り、胸の高鳴りだった、草原、それから雪、そう、誰の足あともついていない雪のつづくさま、少女の指がその中央に着地するとき置かれていたのはまあるく切り取られた少女の肌色のかかとだった、なおも沈んでゆく指は水瓶の曲線に到着し、手のひらがゆっくりとそのまるみを包み込むようにひらきはじめて少女の両手は少女の水瓶のおもさをとらえる、少女は水瓶を両手にかかえて息をとめ、そこから外へ出そうとする、鎖骨をひらき、底から外へ出そうとする、水瓶はそこから出ようとする、支点のない、支点はない渾身さ、銀河をつくる成分でできあがった億の光の粉が少女をめがけて降り注ごうとする音と一緒になって、水瓶はいま、少女の鎖骨から出ようとしている、鎖骨をひらき、鎖骨をくぐり、水瓶は少女自身の手によっていま少女の鎖骨から出ようとしている、地割れとともに水瓶の埋まっていた庭は去り、いま少女から少女自身の手によって水瓶は剥がされ浮かされそこから出ようとしている最中、少女のうっとりする両目には濡れた何が映るだろう、目からまぶた、まぶたから少女は濡れだして、それはかつての夜のようだ、それはいつかの夜のようだ、少女は切り開かれながらなおも濡れつづけたあの日の夜にでもなったようだ、水瓶は少女を離陸して、水瓶は少女を置き去りにして、水瓶はいま出ようとしている少女から、水瓶はその恍惚に耐えられない、少女はその夢見に耐えられない、水瓶の球面の最後の点が少女の点から離れたそのとき、少女は粉々に砕け散る、それはささやかな砕けだった、音はない、音はしない、少女はガラスや砂や星や水がこれまで何万回もそうしてきたように、おなじように音もなくその場で砕けてみせ、あとには水瓶だけが残るのだった、あとには少女は残らなかった、毛むくじゃらが大きく手をひとつ叩くと宙を舞ってた手紙はいっせいにぴたりと動きをとめて、もうひとつ手を叩いてみれば、大きな音を立てながら中央の扉は閉ざされて郵便局は今日の終わりを告げるのだった。

失われた郵便の、だれにも考えられていなかった夏のこと、水瓶が16度目のその空をみつめればみつめるだけ、それは本当のことになりはするけれど少し奇妙に比べているの、それは鎖骨と鎖骨のくぼみの庭に、いつからか埋まるようにして浮かんでいる少女を逃がしてやらねばならないある夜だった、青く向こうがみえる透明の、その少女がどこからのだれからの贈りものか厄介ものかはわからない、水瓶の全方位の成長といっしょになってそれがおおきくゆれるたび、肌理が、世界が、熱がゆれ、あふれてしまうことがこわかった、保護区、運良く、水瓶は午後11時きっかりに家を出て、バスを選んでバスにのって、少女を置き去りにするために、6年ぶりに、渋谷にでかける。

本書は、二〇一二年十月、青土社より刊行された。

ちくま文庫

水瓶《みずがめ》

二〇二一年六月十日　第一刷発行

著　者　川上未映子（かわかみ・みえこ）
発行者　喜入冬子
発行所　株式会社　筑摩書房
東京都台東区蔵前二―五―三　〒一一一―八七五五
電話番号　〇三―五六八七―二六〇一（代表）
装幀者　安野光雅
印刷所　凸版印刷株式会社
製本所　凸版印刷株式会社

乱丁・落丁本の場合は、送料小社負担でお取り替えいたします。
本書をコピー、スキャニング等の方法により無許諾で複製することは、法令に規定された場合を除いて禁止されています。請負業者等の第三者によるデジタル化は一切認められていませんので、ご注意ください。
©Kawakami Mieko 2021 Printed in Japan
ISBN978-4-480-43735-8　C0192